Meja Mwangi

Happy Valley

Roman

Aus dem Englischen von
Thomas Brückner

Peter Hammer Verlag

Die Übersetzung aus dem Englischen wurde mit Mitteln des Auswärtigen Amtes unterstützt durch die Gesellschaft zur Förderung der Literatur aus Afrika, Asien und Lateinamerika e.V.

Umschlaggstaltung: Magdalene Krumbeck, Wuppertal
Lektorat: Gudrun Honke
Satz: Graphium press, Wuppertal
Druck: Clausen & Bosse, Leck
ISBN 3-7795-0051-5
www.peter-hammer-verlag.de

Happy Valley

Prolog

Der Zauberheiler hauste in einer Höhle in den Hügeln nicht weit entfernt von dem Ort, an dem das Kind zur Welt kam. Wenn Muti allein war, dann blies er das winzige *dikdik*-Horn, das er an einer Kette um den Hals trug. Kaum mehr als ein Wispern war der Ton des Horns, und dennoch hörten es die Menschen unten im Tal und sogar fern in der *Anderwelt.* Sie erzählten sich, dass der Klang des Horns die Geister heraufbeschwor und die Toten zum Leben erweckte. Wollte er aber die Lebenden zu sich rufen, dann brauchte Muti nicht erst in sein Horn zu stoßen.

Die Lebenden kamen aus eigenem Antrieb zu ihm. Bei Tag und bei Nacht. Muti war der mächtigste Zauberheiler in ganz Happy Valley.

In jener Nacht, in welcher der Knabe geboren wurde, tauchte ein alter Mann bei ihm auf. Eine jammervolle Last drückte ihn nieder. Die Geisterstunde war schon fast vorüber, und deshalb machten sie sich unverzüglich an die Arbeit. Aus jedem nur erdenklichen Blickwinkel nahmen sie das Problem des Alten in Augenschein, wobei Muti seine Knöchelchen warf und die Geister befragte.

»Seltsam«, murmelte Muti verwirrt. »Äußerst seltsam.«

»Was nun?«, fragte Old Noah. »Kannst du mal aufhören, wie ein altes Weib vor dich hin zu brabbeln, und mir sagen, was du siehst?«

Das Feuer puffte und knackte unter dem Giftkessel, der vor sich hin brodelte wie unterdrückter Donner. Von dem Kessel stieg eine Rauchsäule empor, traf auf die Höhlendecke und waberte in Schwaden hinüber in die dunkleren Winkel der Höhle. An den Wänden zogen sich düstere Regale entlang, auf denen sich gedörrte Wurzeln und alte Knochen, getrocknete Tiere und ausgestopfte Vögel stapelten.

Zwei Ziegenböcke, der eine weiß und schwarz der andere, blickten verängstigt aus dem Schatten herüber, während Muti mit stolzgeschwellter Brust seine Flaschenkürbisse rasseln ließ.

Muti hauste allein in seiner Höhle, rechnete man die Fledermäuse und Ratten, die Schlangen und Skorpione nicht ein. Die Leute erzählten sich, dass nachts die Leoparden und Hyänen zu ihm kämen, damit er ihnen auftrug, wohin sie zu gehen und wem sie welche Art von Kummer zu bereiten hätten.

Muti schleuderte eine Hand voll Hühnerknochen auf ein Ziegenfell, das er neben der Feuerstelle ausgelegt hatte, und wedelte mit seinem Giraffenschwanz darüber hin.

»Sie sagen ...«, setzte er an, »meine Knochen sagen ...«

»Was interessieren mich deine Knochen!« Old Noah

konnte sich nicht länger beherrschen. »Was ist mit dem Kind?«

»Mit dem Kind?« Muti tat so, als hätte er das Kind völlig vergessen. »Ach ja, das Kind. Wenn du mich bezahlt hättest, wie es abgemacht war ...«

»Wie es abgemacht war?«, fragte Old Noah wütend nach.

»Wie du ja weißt, Ehrenwerter Rat«, erwiderte Muti ganz ruhig, »hat sogar der Tod seinen Preis. Die erste Hälfte sofort, die zweite Hälfte nach Erledigung des Auftrags. Das hatten wir doch ausgemacht, oder?«

»Mehr als das zahle ich auf keinen Fall«, gab Old Noah scharf zurück. »Zwei Ziegen, mehr nicht.«

Muti hielt inne und dachte nach. Sein Kunde war ein reicher Mann und von Ehrgeiz besessen dazu. Es brachte nichts, wenn er es sich mit einem solchen Mann verdarb.

»Du gehst mächtig ran, Ehrenwerter Rat«, sagte er und lachte still in sich hinein.

Er band die beiden Ziegen los und führte sie zu einem Pfosten weiter hinten an der Wand.

»Es ist vollbracht«, verkündete er, als er an die Feuerstelle zurückkehrte.

»Genau das hast du letztes Mal auch schon behauptet«, grollte Old Noah. »Trocken wie Feuerholz, hast du gesagt. Dem wird nie wieder ein Zweig wachsen, hast du gesagt. Tot wie kalte Asche, hast du mir gesagt. Der wird nie einen Sohn zeugen, hast du mir garantiert ...«

»Und du hast mir die Welt dafür versprochen«, fiel Muti erinnernd ein. »Aber das alles liegt jetzt hinter uns.

Betrachte es als vollbracht, Ehrenwerter Rat. Heute Nacht kannst du in Frieden schlafen.«

Der Herold des Todes sei bereits unterwegs. In eben diesem Augenblick, während sie noch miteinander sprachen. Der Junge würde nicht einmal lange genug leben, um das Licht des Tages zu erblicken.

1

Kraftlos schwang sich ein einsames Telefonkabel über vier schwarze Masten hinweg, am Rande einer überwucherten Auffahrt tauchte es hinab und verendete außerhalb des Krankenhausgeländes. Am Anfang und am Schluss seines kurzen Ausflugs von den Gebäuden zum Eingangstor baumelten die beiden Kabelenden in der Luft. Der andere Teil dieses lächerlichen Schwindels fristete im Stationsraum der Oberschwester sein Dasein und hockte dort wie eine große schwarze Spinne auf ihrem Schreibtisch, mitten unter einem Berg verstaubter Akten. Das Telefon war dem Solargenerator vorangegangen, der es vor einem Jahrzehnt ins Reich des Vergessens befördert hatte. Eine großartige, wenngleich tot geborene Idee. Unmittelbar, nachdem Diebe die gesamten, mehrere Meilen langen Rollen mit Kupferdraht gestohlen hatten, welche die Telefonverbindung von der Autobahn zum Buschkrankenhaus gewährleisten sollten, war das Projekt in sich zusammengefallen. Und all das nur wenige Tage vor der Einweihung. Wie dem auch war, die meisten Patienten wie auch die Mehrzahl der Besucher begriffen nicht, was so offensichtlich auf der Hand lag. Und auch die Oberschwestern nutzten das Telefon. Sie beruhigten aufgeregte Patienten, indem sie in Nairobi Ärzte anriefen, die es überhaupt nicht gab.

»Ich sterbe, Schwester«, klagte schon mal ein Patient.

»Nicht während ich Dienst habe«, antwortete die Oberschwester dann. »Ich rufe auf der Stelle Doktor Singh an.«

Darauf griff sie zum Telefonhörer und wählte eine x-beliebige Nummer. Und danach redete sie und redete, bis dieses Beruhigungsmittel zu wirken begann. Oder aber der Patient sich an die Schmerzen gewöhnt hatte. Einen Doktor Singh hatte es im Krankenhaus nie gegeben. Überhaupt hatte sich hier seit mehreren Jahren kein einziger Arzt mehr blicken lassen. Und niemand stellte je die Frage, wer Doktor Singh eigentlich war. Genauso wenig verlor jemand eine Bemerkung darüber, dass das Telefonkabel am Mast vor der Entbindungsstation endete.

Im Buschkrankenhaus waren zwei Oberschwestern tätig. Die eine hatte die Tagschicht, die andere arbeitete nachts. Gemeinsam leiteten sie das Krankenhaus. Beharrlich und im Vertrauen darauf, dass sich das Ministerium eines Tages ihrer erinnern und ihnen einen Arzt schicken würde. Der letzte Arzt hatte dem Buschkrankenhaus eines Nachts den Rücken gekehrt. Angeblich, um in Nairobi diverses Material abzuholen. Er war spurlos verschwunden.

Ein Gerücht besagte, dass er sich in der *Anderwelt* verlaufen hatte und die *Anderweltler* ihm den Kopf abgeschlagen hatten. Man habe seinen Geist gesehen, hieß es, wie er auf der Suche nach seinem Kopf blind im Kreis herumfuhr. Einem anderen Gerücht zufolge hatten ihn die zwei Jahre, die er im Buschkrankenhaus zugebracht hatte, von seiner Liebe zu den Menschen geheilt, und folglich widmete er sich jetzt seiner Karriere als Arzt für die großen Tiere.

»Ich kann nicht mal sagen, dass ich ihm das übel nehme«, meinte Oberschwester Nacht und reichte das Aufnahmeprotokoll an Oberschwester Tag weiter.

Oberschwester Nacht wohnte selbst nicht in Happy Valley. Sie hatte die Nase gestrichen voll von der Vorliebe für Magie und Zauberei, wie sie die Bewohner des Tales hegten, und wohnte in einem Nomadenlager jenseits der Hügel. Das Nomadenlager grenzte an die *Anderwelt*, und ihr Mann war dort der Chef der Fleischer. Sie hatte ein paar freie Tage vor sich und beabsichtigte, eine noch größere Entfernung zwischen sich und das Buschkrankenhaus zu bringen, indem sie ihre Tochter in Nairobi besuchte, die dort ebenfalls als Krankenschwester arbeitete.

»Wenn du unseren Doktor triffst ...«, sagte Oberschwester Tag.

»Dann schleif ich ihn an den Ohren hierher zurück«, antwortete Oberschwester Nacht lachend.

Bereits an dem Tag, da der Arzt samt der Solarbatterie verschwunden war, hatte Oberschwester Tag darauf gewettet, dass sie ihn nie wiedersehen würden. Vorher hatte sie nämlich mehrmals miterlebt, wie er Selbstgespräche führte. Und einmal hatte sie sogar trockene, männliche Schluchzer aus seinem privaten Sprechzimmer vernommen. Auch hatte er sich angewöhnt, gemeinsam mit dem Fahrer des Krankenwagens das Wundbenzin zu trinken. Aber das mochte nicht unbedingt etwas mit seiner Verzweiflung über Happy Valley und seine Bewohner zu tun haben.

»Bring ihn wenigstens dazu, uns die Solarbatterie zurückzugeben«, spottete Oberschwester Tag.

Vorletzte Nacht hatte der Dieselgenerator das Zeitliche gesegnet. Mitten während einer Entbindung. Und Oberschwester Nacht hatte tastend im Lichtschein einer Taschenlampe arbeiten müssen.

Die Übergabe an die Tagschicht war alles andere als aufwändig. Ein einziger Schlüssel musste übergeben werden, der zu einem leeren Medizinschrank gehörte. Dann das zerfledderte Protokollbuch und eine Station voller Mütter, die gerade entbunden hatten. Die beiden Oberschwestern sagten einander ein paar nette Worte, klatschten und tratschten ein wenig und machten den einen oder anderen deftigen Witz.

»Wie viele starke Männer brauchst du, um einen Bullen zu kastrieren?«, fragte Oberschwester Nacht.

»Alle verfügbaren«, antwortete Oberschwester Tag, »und eine schwache, alte Frau, die den Bullen festhält.«

Über diesen Witz schütteten sie sich aus vor Lachen. Dann packte Oberschwester Nacht ihre Taschen zusammen, wünschte Oberschwester Tag viel Glück und ging. Am Empfang hielt sie noch einmal inne, verabschiedete sich von den Krankenschwestern und trat dann hinaus in die Nebelschwaden des Julimorgens. Am Eingang blieb sie kurz stehen, um sich an die Veränderung zu gewöhnen.

Rechts vom Krankenhauseingang erstreckte sich ein durch Schilder gekennzeichneter Parkplatz, der von Steinen eingerahmt wurde, aber vom Unkraut überwuchert war. Das Buschkrankenhaus musste schon seit langer Zeit ohne Arzt auskommen. Und was die Oberschwestern anging, so hatten sie noch nie Autos besessen, die sie dort hätten abstellen können, und ganz Happy Valley kam ohnehin zu Fuß ins Krankenhaus. Dennoch waren für Ärzte, Oberschwestern, Besucher und die Krankenwagen Parkplätze reserviert. Mit Ausnahme des Stellplatzes »Nur für Krankenwagen« stand der gesamte Parkplatz leer. Auf dem Stellplatz für Krankenwagen stand ein altes, verbeultes Fahrrad. An den Gepäckträger war eine Metallkrankentrage geschweißt. Ein Laken bedeckte sie.

In der Mitte der Auffahrt begegnete die Oberschwester einem Radfahrer. Wie eine verlorene Seele tauchte er aus dem Nebel auf.

»Guten Morgen!«, rief sie ihm fröhlich zu.

Der Mann schob sein Fahrrad den Hügel hinunter. Er hatte sich entschieden, seine Bremsen auf dem Weg bergab keiner Prüfung auszusetzen. Er schrak zusammen, blieb stehen und antwortete ihr: »Ja?«

»Ja«, wiederholte sie und lächelte ihm ermutigend zu.

In ihrer langen Zeit als Hebamme hatte sie mit Männern genug durchgemacht, um an ihnen verzweifeln zu können. Sie hatte gesehen, wie tapfere Männer die Flucht ergriffen, wenn bei ihren Frauen die Wehen einsetzten. Sie hatte Männer erlebt, große, starke Männer, die beim Anblick des Neugeborenen wie Feiglinge zitterten. Erst in der vergangenen Nacht war ein Weißer in Ohnmacht gefallen und unter ihren Geburtstisch gesunken, während seine Frau darauf ein Kind geboren hatte.

»Keine Sorge«, sagte sie zu dem Radfahrer. »Es kommt alles in Ordnung.«

»Ja«, antwortete er zweifelnd.

Sie hatte nichts gegen Männer. Schließlich hatte sie selbst einen. Der konnte ganz allein einen Bullen schlachten und häuten. Abe r trotzdem wusste er nicht, wie er ein Neugeborenes in den Arm nehmen sollte.

»Einen schönen Tag noch«, sagte sie.

»Ja«, erwiderte der Radfahrer.

Sie lächelte, ging ihres Wegs und gab sich Mühe, nur freundlich von Männern zu denken.

Was sie traurig machte, war der Gedanke daran, dass die Männer, wenn sie ihre Frauen zur Entbindung ins Krankenhaus brachten, mit gesenktem Kopf daherkamen. So, als schämten sie sich dessen, was sie getan hatten. Dann baten sie in einer Art um Hilfe, als erwarteten sie gar nicht, Hilfe zu erhalten. Und wie sie, nachdem ihre Frauen das Kind zur Welt gebracht hatten und es eigentlich fast schon wieder ungefährlich war, ein Mann zu sein, auf Zehenspitzen zur Säuglingsstation schlichen, um ihr Werk in Augenschein zu nehmen! Als ob sie auf Eierschalen liefen und auf der Hut wären, damit sie jederzeit Reißaus nehmen könnten.

Der Radfahrer aber war nicht zum ersten Mal Vater geworden, und seine Besorgnis und Unsicherheit entsprangen nicht etwa seiner Furcht vor Babys, sondern einer Bedrohung, die weit bedeutender war als ein neugeborenes Leben. Immer langsamer schritt er den Hügel hinunter, bis er sein Fahrrad auf dem Besucherparkplatz abstellte. Eigentlich hätte er es an jeder beliebigen anderen Stelle der breiten Auffahrt abstellen können, doch waren die Oberschwestern in diesen Dingen sehr streng. Während er auf den Eingang zusteuerte, blieb er kurz stehen, da er im Staub vor dem Haupteingang Reifenspuren sah. Und das kam ihm merkwürdig vor. Das Unkraut war niedergedrückt und das Gras auf eine Weise platt gequetscht, die erkennen ließ, dass dort vor nicht allzu langer Zeit ein Auto entlanggefahren war.

Im Innern des Krankenhauses war es kühl und düster. Und es roch nach Säuglingen und Desinfektionsmitteln. Abgesehen von zwei barfüßigen Vätern, die sich auf einer an der Wand stehenden Bank leise unterhielten, lag die Eingangshalle verlassen da. Die Schwester am Empfang blickte auf, als der Radfahrer näher kam, und fragte: »Name?«

»Tomei«, antwortete er.

»Tomei?«

»Toma.«

»Tomei Toma?«

»Toma Tomei.«

Die Schwester sah in ihrem Verzeichnis nach und schüttelte den Kopf: »Wir haben keinen Toma Tomei.«

»Ich heiße Toma Tomei«, erklärte der Radfahrer. Er sprach langsam, damit sie ihn auch verstand.

»Warum haben Sie das nicht gleich gesagt?«, schimpfte sie mit ihm. »Wie heißt Ihre Frau?«

»Grace.«

»Grace Toma?«

»Grace Tomei.«

Bedächtig ging sie das Verzeichnis noch einmal durch und verkündete nach einer bedeutungsschwangeren Pause: »Diese Frau gibt es hier nicht.«

»Ich habe sie aber selbst hierher gebracht«, antwortete Tomei. »Gestern Abend.«

»Gestern Abend?«

»Ziemlich spät.«

»Gestern Abend ziemlich spät?« Die Schwester legte das Verzeichnis unwirsch zur Seite. »Das hätten Sie aber auch gleich sagen können!«

Sie verschwand im Raum der Oberschwester. Tomei wartete. Die barfüßigen Männer, die auf der Bank hockten, schauten in seine Richtung und senkten die Stimmen. Ihm war völlig klar, dass sie sich über ihn ausließen. Im Raum nebenan redete und lachte die Schwester mit einer anderen Frau, und er wusste, dass sie sich ebenfalls über ihn amüsierten.

»Ihre Frau hat gestern Abend entbunden«, sagte sie, als sie zurückkam.

»Ist es ein Junge?«

»Was macht das für einen Unterschied?«, fragte sie.

Den Unterschied zwischen Leben und Tod, dachte er. Aber er erwartete nicht, dass sie das verstand.

»Sind Sie schon mal hier gewesen?«, erkundigte sie sich.

Neunmal war er bereits hierher gekommen. Und jedes Mal, wenn er wieder gegangen war, hatte er sich ein bisschen weniger als Mann gefühlt.

»Dann wissen Sie ja, wohin Sie gehen müssen«, meinte sie.

Wie könnte er das je vergessen? Jedes Mal war er so voller Hoffnung hierher gekommen wie heute auch. Und jedes Mal war er enttäuscht wieder fortgegangen.

Sie bemerkte sein Zögern, lächelte ihm aufmunternd zu, wies ihm die Richtung und sagte: »Die Säuglingsstation ist dort hinten. Folgen Sie einfach den Pfeilen.«

Irgendwie fand er die Kraft, die Füße zu heben, einen nach dem anderen, und sich, wie angewiesen den Pfeilen folgend, den Korridor entlangzuschleppen.

2

Die Korridore waren makellos sauber. Von den grauen Wänden über die weiß getünchte Decke bis zu den schwarzweiß karierten Linoleumbelägen auf dem Fußboden. Als er um eine Ecke bog, kam Tomei eine gestrenge Krankenschwester entgegen.

Sie wollte wissen, wer er war und warum er sich in der Frauenabteilung eines Krankenhauses herumtrieb. Was er hier verloren habe? Ob er eine Erlaubnis habe, sich hier aufzuhalten?

Fast kam es ihm so vor, als sei der Ort ausschließlich mit gefühllosen Frauen bevölkert, die nicht zuhörten und nur darauf aus waren, einen Mann bei jeder sich bietenden Gelegenheit zu demütigen.

»Meine Frau hat ein Kind bekommen«, antwortete er der Schwester.

»Warum haben Sie das nicht gleich gesagt?«, lachte die Krankenschwester und tat plötzlich so, als hätte sie ihn nur aufziehen wollen.

Nichts bereitete den Krankenschwestern größeres Vergnügen, als sich über einen Mann lustig zu machen.

Sie schickte ihn in die entgegengesetzte Richtung und machte ihn in strengem Ton darauf aufmerksam, dass die Besuchszeit gleich zu Ende sei.

Am anderen Ende des Korridors führte ihn eine noch gestrengere Schwester zu einem Fenster und teilte ihm barsch mit, dass sie ihn dort nicht mehr zu sehen wünschte, wenn sie gleich mit der Reinigungskraft zurückkäme.

Hinter dem Besichtigungsfenster befand sich ein riesiges Zimmer. Reihen weißer Metallbettchen standen darin. Eine verdrießliche Krankenschwester machte gerade die Betten und räumte auf. Dabei führte sie Selbstgespräche oder redete mit den Neugeborenen. Als Tomei an das Fenster trat, schaute sie auf, lächelte abwesend und wandte sich wieder ihrer Arbeit zu.

Er wartete.

Sie arbeitete.

Er wartete.

Schließlich klopfte er leise an die Scheibe. Aus Angst, die Gestrenge könnte zurückkehren, bevor die Verdrießliche ihn wahrgenommen hatte. Letztere blickte erneut von ihrer Arbeit hoch, schaute ihn finster an und fuhr ungerührt mit ihrer Tätigkeit fort. Wieder pochte er an die Scheibe. Lauter diesmal. Sie ignorierte ihn, bis sie mit ihrer Arbeit fertig war. Dann kam sie zu ihm ans Fenster.

»Heraus mit der Sprache!«, forderte sie ihn auf.

»Tomei.«

»Wie?«

»Ich möchte mein Kind sehen«, sagte er. »Toma Tomei.«

Die Verdrießliche schaute in einem Verzeichnis nach und murmelte etwas vor sich hin, während sie mit einem Finger flink über die Liste fuhr. Auf ihrer Liste stand kein Toma Tomei.

»Ich heiße Toma Tomei«, erklärte er.

»Und welchen Namen hat Ihr Baby?«

»Namen?«

»Wie nennen Sie es?«

»Es nennen?«

Abgesehen von der Tatsache, dass er das Kind überhaupt noch nicht gesehen hatte und somit auch gar keine Gelegenheit gehabt hatte, es irgendwie zu nennen, gab man Babys nicht eher einen Namen, bis feststand, dass sie nicht sterben, sondern am Leben bleiben würden. Und wenn sie keine Fremde gewesen wäre, hätte sie das auch gewusst. Aber vielleicht stammte sie ja sogar aus der *Anderwelt*. Da kamen sie ja alle her, wenn man ihren fehlenden Respekt gegenüber Männern zum Maßstab nahm.

»Es ist erst gestern Abend zur Welt gekommen«, klärte er sie auf.

Und es würde einen Namen bekommen wie »Dunkler Krieger« etwa oder »Ankömmling aus der Nacht« oder einen ähnlich passenden Namen. Im Augenblick aber wollte er nur die Bestätigung, dass der Säugling ein Junge war.

»Warten Sie«, ordnete sie an.

Er wartete.

Sie ging suchend durch die Reihen mit den Kinderbetten, schaute in Gesichter und las die Namensschilder.

Er wartete.

Sie machte die Runde durch die Säuglingsstation.

Er wartete.

Sie brauchte so lange, dass aufs Neue die Angst in ihm aufstieg, die Gestrenge könnte zurückkehren und ihn fortschicken, bevor er seinen Sohn zu Gesicht bekommen hatte. Es musste einfach ein Sohn sein. Er hatte ausreichend Hühner und Ziegen geopfert, um das sicherzustellen. Für die Geister hatte er Hähne geschlachtet und Honigbier gebraut. Muti hatte ihm versichert, dass er diesmal Erfolg haben würde. Diesmal würde er einen Sohn bekommen, einen Riesen im Geschlecht der Menschen, einen Krieger und Eroberer, einen Sohn, wie es keinen besseren je geben konnte. Dieses Mal würde er als richtiger Mann heimkehren.

Die Verdrießliche brachte ihm ein winziges Etwas. Sie trug es in der Armbeuge geborgen und hielt es ihm hin, damit er es betrachten konnte.

»Baby Tomei«, verkündete sie.

Tomei blieb der Mund offen stehen, und all die großen Namen, die er sich für seinen Sohn erträumt hatte, stoben ihm laut schreiend aus dem Sinn. Zurück blieb ein dumpfer Kopfschmerz, eine widerhallende Leere.

»Schauen Sie noch einmal nach«, brachte er hervor. »Das ist nicht meins.«

»Hier ist kein anderes Baby Tomei«, sagte sie mit Nachdruck.

Er schüttelte den Kopf. Seine Augen blinzelten wild.

»Ist alles in Ordnung mit Ihnen?«, fragte sie.

Er schüttelte weiter den Kopf. Seine Lippen bewegten sich, aber er brachte keinen Ton hervor.

»Ein hübsches Kerlchen, wirklich«, sagte sie und lächelte ihm ermutigend zu. »Sehen Sie ihn sich an. Er wird einmal so groß und stark werden, dass Sie ihn kaum wieder erkennen werden.«

Doch Tomei schüttelte immer nur weiter den Kopf. Sein Verstand war in Aufruhr. Sie hingegen erlebte so etwas jeden Tag: Den Männern verschlug es beim Anblick ihrer Sprösslinge die Sprache.

»Haben Sie genug gesehen?«, fragte sie ihn, als ihr klar wurde, dass sie ihn nicht aufmuntern konnte.

Tomei nickte. Aber die Angelegenheit war alles andere als vorüber.

Erregt und verwirrt lauschte er Minuten später im Stationsraum der Oberschwester einer seltsamen Geschichte, die ihm von einer weiteren hartherzigen Frau erzählt wurde. Einer längeren Geschichte zudem, die mit seiner einfachen und geordneten Welt nicht das Mindeste zu tun hatte.

»Sie sagen, es ist nicht krank?«, fragte er bestürzt nach.

»Das Kind ist vollkommen normal«, versicherte ihm Oberschwester Tag.

»Und es ist auch nicht verhext worden?«

»Keine Hexerei und keine Zauberei.«

Der Raum war voll gestopft. Überall lagen Akten herum, waren leere Kisten gestapelt. In den Regalen an den Wänden türmten sich weitere Akten und leere Kartons. An der einen Wand hing das Bild der Madonna mit dem Kind, ein Bild von Mutter Teresa an einer anderen. Tomei hatte sich noch nie so unterlegen gefühlt wie in diesem Augenblick.

»Aus welchem Volk kommt das?«, fragte er die Oberschwester. »Das will ich von Ihnen wissen.«

»Das ist ein Typus, hier handelt es sich nicht um ein Volk«, erklärte sie ihm. »Sehr selten, kommt aber vor.«

»Und wieso habe ich dann noch nie davon gehört?«

In seinem Clan kamen derlei Dinge nicht vor.

»So etwas tritt nur ganz, ganz selten auf«, erklärte sie. Sie redete langsam und überdeutlich. »Eine seltsame, aber ganz normale Sache.«

Andererseits, so fuhr sie fort, wurden einem heutzutage ja die seltsamsten Dinge zu etwas ganz Gewöhnlichem.

»All die Pillen und das ganze andere Zeugs, das eure Frauen nehmen, damit sie keine Kinder kriegen«, sagte sie zu ihm. »Die Haut aufhellenden Cremes und die ausländischen Seifen, die sie verwenden, damit sie schöner aussehen. Es grenzt schon an ein Wunder, dass die Kinder überhaupt noch mit Haut auf die Welt kommen.«

»Meine Frau nicht«, sagte Tomei mit Entschiedenheit.

Grace, seine Frau, war eine durch und durch traditionelle Frau. Sie musste sich für ihn nicht schöner machen oder ihr Gesicht verändern. Er würde sehr böse auf sie sein, wenn sie sich veränderte. Außerdem war er nicht deswegen hier.

»Männer!«, rief die Oberschwester verblüfft. »Das hat doch nichts mit Ihnen zu tun.«

»Nichts mit mir?«, fragte er erschreckt.

»Nichts mit Ihnen und überhaupt nichts mit Männern«, lachte sie. »Frauen sind keine Lastesel und auch keine Gebärmaschinen. Auch sie sind Menschen, verstehen Sie doch! Es ist einfach wichtig für sie, dass sie gut aussehen und sich gut fühlen. Sie möchten begehrt werden, nicht wegen ihres Fleißes oder ihrer Fruchtbarkeit, sondern wegen ganz anderer Dinge.«

»Begehrt?«, fragte er, platt vor Staunen.

»Von Ihnen«, beruhigte sie ihn. »Und nur von Ihnen. Nur dass das noch nie einen Mann davon abgehalten hat, sich herumzutreiben.«

»Herumzutreiben?«

Worüber redete sie denn nun schon wieder, zum Teufel?

Und bevor er auch nur ein Fünkchen von dem verstehen konnte, was sie sagte, schlug sie bereits einen anderen Pfad durch das Dickicht, zerrte ihn hinter sich her, über verschlungene Wege und unbegreifliche Strecken, von deren Vorhandensein er nie auch nur die Spur einer Ahnung gehabt hatte. Sie sprach ihm von Zellbildung und Befruchtung und indirekter Zellteilung. Sie sprach ihm von Dingern, die hießen Chromosomen, von Mitochondrien und DNA und von einem Dutzend ähnlich verwirrender Sachen, von denen er noch niemals gehört hatte und die er auch gar nicht verstehen wollte. Sie hinterließen lediglich ein Klingeln in seinen Ohren.

»Waren Sie dabei, als das Kind auf die Welt gekommen ist?«, fragte er und kehrte damit zu einer dringenderen Angelegenheit zurück.

»Oberschwester Nacht würde Ihnen genau dasselbe erzählen, wenn sie hier wäre.«

Tomei schüttelte den Kopf, kratzte sich das Kinn und fand einfach keine Worte mehr.

»Was soll ich bloß dem Clan sagen?«, fragte er sich.

»Genau das, was ich Ihnen gerade erzählt habe«, antwortete sie ihm. »Es ist eine ganz und gar natürliche Sache, nichts weiter. Ich bin mir sicher, dass der Clan das begreifen wird.«

Sie verstand nicht das geringste Bisschen, das wurde ihm jetzt klar. Der Sohn hatte auszusehen wie der Vater. In jeder Einzelheit wie der Vater. Er versuchte, sie darüber aufzuklären.

Sie hörte ihm geduldig zu, während er sie ächzend und stöhnend und brummend belehrte, bis sie es schließlich müde wurde. Sie griff zum Telefon und rief in Nairobi an, um sich mit einem Experten zu beraten. Der Experte bestätigte, was sie Tomei erklärt hatte: dass niemand die Schuld trüge und dass er und sein Clan sich besser darauf einigten, dieses Wesen zu mögen. Denn: Ob es ihnen nun gefiel oder nicht, so war es nun einmal. Daran sei nichts zu rütteln.

Tomei rutschte noch tiefer in seinem Stuhl zusammen, und es hatte den Anschein, als würde er nicht eher gehen, bevor sie ihm nicht etwas erzählt hätte, das zu verstehen ihm leichter fiel. Also tätigte sie einen weiteren Anruf. Diesmal konsultierte sie einen anerkannten Arzt in Kanada. Professor Churchill bestätigte, dass der Junge vollkommen normal sei und es ihm gut gehen würde, solange er sich nicht in der Sonne aufhielte.

»Nicht in der Sonne!« Tomei schnellte hoch. »Was ist das für ein Chief, der nicht in die Sonne geht?«

»Hinsetzen!« Die Oberschwester schmetterte den Hörer in die Gabel. Genug war genug.

Er war so erschrocken, dass er sich setzte.

»Wo ist Ihr Problem?«, erkundigte sie sich und schaute ihm unverwandt in die Augen.

»Mein Problem?«

»Ihr Problem.«

»Mein Problem?« Er suchte nach Worten, die auch eine Frau verstehen konnte. »Wenn Sie Hirse anbauen«, hob er an. Bedächtig, damit sie ihm folgen konnte. »Dann erwarten Sie nicht ...«

»Hirse?«

Ganz offensichtlich begriff sie überhaupt nichts.

»Worauf ich hinauswill, ist Folgendes«, setzte er wieder an. Diesmal noch langsamer. »Wenn Sie Sorghum anbauen, dann ernten Sie kein ....«

»Sorghum?« Plötzlich brach sie in Gelächter aus. Das erschreckte ihn. »Was haben Hirse und Sorghum mit Ihrem Baby zu tun? Wollen Sie mir klar machen, dass Sie diesen Samen nicht eingepflanzt haben. Ist es das, was Sie mir sagen wollen?«

»Was ich sagen will, ist ...«

»Dass Ihre Frau mit einem anderen Mann im Bett war?«

»Was ich sagen will ...«

»Hören Sie auf, auf dem Busch herumzuklopfen, und sagen Sie, was Sie meinen!«

Warum verstanden Frauen einfach nicht?

»Meinen Unterlagen nach zu urteilen«, sagte sie, langte nach dem Verzeichnis und blätterte es durch, »wurden letzte Nacht nur zwei Babys geboren. Eins davon war ...«

Sie hielt mit einem Mal inne und schaute sich den Bericht ganz genau an. Verstört sah sie aus, und das ließ seine Hoffnung wieder etwas steigen. Der letzte Eintrag war kaum zu entziffern, aber er schien darauf hinzuweisen, dass die beiden Kinder ungefähr zur gleichen Zeit auf die Welt gekommen waren. Der Großteil des Geschriebenen war ein ziemliches Durcheinander von Zahlen und Buchstaben, das sich einem Besucher nicht unbedingt erschloss. Jedenfalls war die Mutter des zweiten Babys nach der Geburt nach Nairobi aufgebrochen, und es hatte bislang keine weiteren Klagen gegeben.

»Ich will sagen«, blieb Tomei hartnäckig, »dass Sie, wenn Sie Schwarzaugenbohnen anbauen, auch keinen ...«

»... Reis erwarten?«

»Sie verstehen mich.« Er seufzte vor Erleichterung. »Jetzt verstehen Sie mich.«

»Verstehen?« Sie lachte aufbrausend und klappte das Verzeichnis mit einem lauten Schlag zu. »Sie wären überrascht, wenn Sie wüssten, was ich hier schon alles erlebt habe. Erst letzte Woche hat eine Mutter acht Kinder geboren. Stellen Sie sich das mal vor! Acht Babys. Hier stehe ich und erwarte ein, vielleicht zwei Babys, und sie überhäuft mich mit acht Stück! Können Sie sich das vorstellen? Acht winzige Jungen, einer nach dem anderen? Selbst die Ziegen wagen das nicht mehr. Im ersten Augenblick ist sie noch kinderlos, im zweiten hat sie zu viele Kinder. Einfach so. Und dort sitzt ihr Mann, genau da, wo Sie jetzt sitzen, mit einem Ego so groß wie ein Flaschenkürbis voll Bier, und schwört, dass von den achten nur eins von ihm sei. Er hat genau dort gesessen, wo Sie jetzt sitzen, und sich geweigert, dem zu glauben, was seine Augen gesehen haben. Und Sie denken, Sie haben ein Problem? Ein Problem? Nur weil Ihnen nicht gefällt, wie Ihr Kind aussieht? Sie sollten Gott dafür danken, dass es überhaupt Augen hat!«

Tomei dachte darüber nach, schüttelte dann aber den Kopf.

»Ich kann das nicht hinnehmen«, sagte er bestimmt.

»Genau das hat der andere auch gesagt«, erwiderte die Oberschwester.

»Ich werde das nicht hinnehmen!« Er war fest entschlossen.

»Hinnehmen?« wunderte sich die Oberschwester. »Das Baby ist bereits auf der Welt, Ihre Frau ist glücklich damit, was gäbe es da noch hinzunehmen oder nicht?«

Wütend sprang Tomei auf die Beine.

»Ihr seid alle gleich«, sagte er zu ihr.

Dann schritt er zur Tür und knallte sie hinter sich zu.

3

Der Sonne war es zu guter Letzt doch noch gelungen, Dunst und Nebel in die Hügel abzudrängen.

Die Patientinnen und ihre Besucher waren in den Krankenhausgarten hinausgegangen und freuten sich an der wärmenden Sonne. Mütter saßen auf weißen Metallstühlen und stillten ihre Babys, derweil ihre Ehemänner mit mürrischem Gesicht neben ihnen standen oder unruhig auf und ab schritten. Strenge Schwestern in schicken weißen Uniformen patrouillierten über das Gelände, gingen von Gruppe zu Gruppe, bewahrten den Frieden und sorgten dafür, dass alle einigermaßen glücklich waren.

Tomei fand seine Frau allein im Schatten eines Dornenbaums sitzend. Sie stillte ihr Baby, als wäre alles an ihm so, wie es sein sollte.

»Was ist denn jetzt los?«, fragte er sie.

Grace Tomei war eine geduldige Frau. Sie beantwortete seine Frage, so gut sie konnte, bedächtig und respektvoll, obwohl langsam Tränen in ihr aufstiegen.

Es sei die schwerste Geburt gewesen, die sie je durchgemacht habe. Eine lange, finstere Nacht aus Schmerz und Qual. Die Schmerzen waren so unerträglich gewesen, dass sie sogar geglaubt hatte, sie wäre gestorben und zur Hölle gefahren. Kein Feuer aber hatte es dort gegeben und keinerlei Wärme. Nur Stimmen, kalte und seltsame Stimmen, und eine Frau, die in einer fremden Sprache um Hilfe gerufen hatte.

»Schafft es weg«, wehklagte jene Frau. »Ich will es nicht. Es ist nicht meins.«

Von den Wänden des Kreißsaals hatte das Lachen der Oberschwester widergehallt. Grace war in den warmen, lichten Nebel der Bewusstlosigkeit gesunken. Als sie Stunden später wieder zu sich kam, fand sie sich in einem kalten Metallbett wieder, über dem eine Plastikplane lag. Oberschwester Nacht entschuldigte sich dafür, dass sie sie in einer Ecke des Kreißsaals abgestellt hatte. Sie habe geglaubt, sie wäre tot. Grace beschwerte sich nicht darüber. Sie hatte Tomei einen Sohn geschenkt. Jetzt war er ein richtiger Mann.

»Hast du dir das nicht über alle Maßen gewünscht?«, fragte sie ihn.

»Er sieht nicht aus wie ich.« Tomei grollte noch immer vor sich hin.

»Keins deiner Kinder sieht aus wie du«, hielt sie dagegen.

Diese Bemerkung verschlimmerte sein Unglück. Grace ließ ihn mit seinen Sorgen allein. Ihre Mutter hatte sie einst vor den klein gewachsenen Männern aus Happy Valley gewarnt. Verbittert seien sie, rachsüchtig und niemals glücklich, niemals zufrieden. Sie seien kleinlich, verschlossen und hinterhältig. Umbringen könnten sie eine Frau mit ihren Nörgeleien, ihrem Drang nach Bestätigung. Und am gefährlichsten seien sie, wenn sie schwiegen. Denn dann stünde eine Verzweiflungstat unmittelbar bevor.

»Und was soll ich jetzt tun?«, fragte er endlich.

»Wieso musst du etwas tun?«, gab sie die Frage zurück. »Deine anderen Kinder sehen auch nicht so aus wie du. Warum also sollte dir das Baby hier ähnlich sehen? In deinem Clan sieht dir niemand ähnlich.«

Es war alles andere als ein Geheimnis, dass Tomei der hässlichste Mann in ganz Happy Valley war. Die anderen Frauen hatten ihr das schon oft gesagt. Manchmal mit einem Lachen in der Stimme, manchmal voller Mitgefühl. Sie meinten, dass er als einsamer Mann sterben müsste, wenn Grace ihn nicht aus Mitleid geheiratet hätte.

Als sie jetzt mit ansah, wie er litt, empfand sie nur noch mehr Mitleid mit ihm.

»Tomei«, sagte sie gütig. »Das ist wirklich nicht die richtige Art, mir dafür zu danken, dass ich dir einen Sohn geschenkt habe.«

»Einen Sohn, den sie nicht akzeptieren werden. Keiner wird den da akzeptieren.«

»Was redest du da, Tomei?« Sie wählte ihre Worte mit großer Sorgfalt. »Was du auch immer sagen willst, sag es jetzt und hör auf, ständig um den heißen Brei herumzureden.«

Die Gestrenge näherte sich ihnen. Sie schwiegen. Warteten, dass sie vorbeiginge. Aber sie kam direkt auf sie zu.

»Gibt es Schwierigkeiten?«, erkundigte sie sich.

»Nein, alles ist in Ordnung«, beruhigte Grace die Schwester.

Auch die Schwester wusste Bescheid über die Männer aus Happy Valley, und sie merkte, dass es in Tomei gärte und brodelte wie in einem Flaschenkürbis voller Unzufriedenheit, der kurz davorstand, in die Luft zu gehen.

»Kann ich Ihnen irgendwie helfen?«, fragte sie.

»Dem kann keiner helfen«, antwortete Grace.

»Es gibt also doch Schwierigkeiten?«

»Nein, ganz und gar nicht.«

»Also gut«, beharrte die Krankenschwester. »Heraus damit!«

Tomei wollte etwas sagen, aber Grace war schneller.

»Es gibt wirklich keine Schwierigkeiten«, sagte sie. »Wir reden nur über Familienangelegenheiten.«

Tomei machte den Mund wieder zu und erduldete den grimmigen Blick der Krankenschwester, bis er ihn nicht mehr ertragen konnte.

»Sehen Sie sich dieses Baby an!«, forderte er sie auf.

»Ein niedliches Ding.«

»Sehen Sie es sich genau an!«, befahl er.

Sie wusste, worauf er hinauswollte, aber sie tat so, als sähe sie es sich noch einmal an, küsste es auf die weiche Wange und streichelte es.

»Ein süßes Baby«, sagte sie.

Tomei starrte sie an. Er war sprachlos. Wo, um alles auf der Welt, lernten Frauen diese Scheinheiligkeit?

»Und?«, fragte sie herausfordernd.

»Sieht es mir ähnlich?«

»Es ist ein hübscher Junge.«

»Siehst du?«, wandte Tomei sich an seine Frau.

»Was denn?«, fragte die Krankenschwester.

»Ich bin angeblich der Vater.«

»Angeblich?«

»Lassen Sie ihn«, beruhigte Grace die Krankenschwester. »Er ist der Vater aller meiner neun Kinder.«

»Neun Kinder?«

»Ich musste ihm unbedingt einen Sohn gebären«, erklärte Grace. »Und was kriege ich nun für all meine Schmerzen?«

»Männer!« Voller Mitgefühl schnalzte die Krankenschwester mit der Zunge.

Grace wandte sich ihrem Mann zu.

»Tomei.« Sie sprach langsam, damit ganz klar wurde, was sie zu sagen hatte. »Wir nehmen das Baby mit nach Hause.«

Und das taten sie am nächsten Tag.

4

Verfolgt vom Gelächter der Oberschwester, der Krankenschwestern und aller anderen, die sein Kind gesehen hatten, sprang er wutentbrannt auf das Fahrrad. Auf dem Weg nach Hause winkten die Leute ihnen zu und riefen ihnen spöttische Glückwünsche nach. Sie hatten von dem Kind seiner Frau gehört, so bildete er sich ein, und sie wussten bereits, wie Gott und die ganze Welt auch, dass er zum Narren gehalten und betrogen worden war. Vom Schicksal und von den Frauen.

Er ignorierte sie alle und fuhr schweigend an ihnen vorüber, Frau und Baby schlingerten auf dem Gepäckträger gefährlich unsicher hin und her, ihre Sachen in zwei Sisaltaschen auf beiden Seiten des Lenkers.

»Sei gegrüßt«, rief ihm ein Holzfäller zu.

»Sei mir ebenfalls gegrüßt«, rief Tomei zurück, machte aber keinerlei Anstalten anzuhalten.

Der Holzfäller trat einen Schritt zur Seite, um ihn vorbeizulassen, doch die Frau des Holzfällers, die ihm mit einer Ladung Feuerholz auf dem Rücken folgte, blieb mitten auf dem Weg stehen. Tomei musste bremsen, wenn er sie nicht umfahren wollte.

»Ich hab von eurem Baby gehört«, sagte sie und blieb hartnäckig, ließ sich von seiner Verdrossenheit kein bisschen einschüchtern. »Ich möchte es mir ansehen.«

»Geh mir aus dem Weg, Frau!« Drängend läutete er die Fahrradklingel. »Ansonsten fahr ich dich über den Haufen, das schwör ich.«

Der Holzfäller lächelte nicht mehr. Er trat einen Schritt vor, spuckte in die Hände, rieb sie aneinander und hängte sich die Axt über die Schulter.

»Wag es!«, drohte er.

Die Frau des Holzfällers merkte, dass die Situation außer Kontrolle zu geraten drohte, lachte und gab den Weg frei.

»Warte!«, rief Grace und sprang vom Fahrrad.

Dann wickelte sie das Baby aus dem Tuch, in das sie es gehüllt hatte, und forderte die beiden auf, sich Tomeis Sohn anzusehen. Die Frau warf einen langen, verwunderten Blick auf den Säugling. Ganz offensichtlich fehlten ihr die Worte.

»Aber die Leute haben mir doch erzählt ...«

»Was denn?«, fragte Tomei.

»Dass er zwei Köpfe hat, zum Beispiel?«, mischte sich der Holzfäller ein.

»Wie bitte?« Tomei wollte auf ihn losgehen.

»Beruhige dich, Sohn des Jona«, lachte der Holzfäller ihn aus. »Was soll ich im Wald schon über deinen Sohn gehört haben?«

»Aber mal ernsthaft«, sagte seine Frau. »Mir sind seltsame Dinge über das Kind zu Ohren gekommen.«

»Du kannst dich nun selbst davon überzeugen«, erklärte ihr Grace, »dass es ein ganz normales Baby ist.«

»Und ein hübsches Kerlchen obendrein«, stimmte die Frau des Holzfällers zu. »Hat die Ohren seines Vaters.«

Tomei sah sich die Ohren des Babys noch einmal an. Der Holzfäller trat neben ihn, betrachtete ebenfalls das Kind, schaute Tomei an und blickte dann erneut auf das Baby hinunter. Schließlich lachte er laut auf und ging davon, die Axt noch immer über der Schulter. Seine Frau schloss sich ihm an, und ohne ein weiteres Wort gingen die beiden ihres Wegs.

Weil er das Dorf meiden wollte, führte Tomei seine Frau über einen holperigen Pfad durch den Wald. Hinter den Gärten und Hecken konnte man das Dorf sehen, mitsamt der Kirche, die über ihm thronte. Sie umrundeten den Hügel und stiegen in ein bewaldetes Tal hinab, das von einem Fluss durchzogen wurde.

Ein paar Frauen, die am Fluss Wasser schöpften, ließen ihre Kalebassen stehen und eilten herbei, um einen Blick auf Tomeis Sohn zu werfen.

»Wir haben von deinem Baby gehört«, sagten sie Grace.

Tomei stöhnte und fragte sich, ob es auf der weiten Welt wohl einen einzigen Menschen gäbe, der noch nicht von dem Kind seiner Frau erfahren hatte.

»Lasst uns in Frieden«, sagte er zu den Frauen. »Das Baby schläft.«

»Wir wecken es schon nicht auf«, versprachen sie ihm.

»Aus dem Weg!«

Die Frauen schreckten zurück und wollten schon von ihrem Wunsch lassen, als Grace sich ihm erneut widersetzte, den Kopf des Kindes bloßlegte und die Frauen einlud, sich anzuschauen, was Tomei gezeugt hatte.

»Was für ein zorniges Baby«, sagte eine Frau.

»Genau wie sein Vater«, pflichtete eine andere ihr bei.

Sie schütteten sich aus vor Lachen. Tomei lehnte wutschnaubend an seinem Fahrrad. Dann unterzogen sie sein Kind einer eingehenden Prüfung. Laut ließen sie ihren Gedanken freien Lauf.

»Das sind genau seine Ohren«, behauptete eine Frau.

»Wessen Ohren?«, hakte Tomei nach.

Sie lachte und antwortete: »Daran besteht überhaupt kein Zweifel.«

»Zum Glück ist er nicht ganz so hässlich«, meinte eine andere.

Wieder schütteten sie sich vor Lachen aus, während er überlegte, was er mit ihnen tun sollte.

»Jetzt hat Old Noah nichts mehr zu lachen«, fuhren sie fort. »Seine Frau gibt damit an, dass er der Chief Councillor werden wird.«

»Aber jetzt, da Tomei einen Sohn hat«, setzten sie hinzu.

»Einen total kahlköpfigen.«

»Wie bei einem alten Mann.«

»Meine Kinder sind auch alle mit Glatze auf die Welt gekommen«, gab eine Frau zu.

Tomei räusperte sich und scharrte mit den Füßen. Sie beachteten ihn nicht, umringten Grace. Die Frauen standen in einem engen Kreis, dicht und undurchdringlich wie ein Nesselwald.

»Hast du schon mal solche Augen gesehen?«, fragten sie einander.

Tomei spitzte die Ohren.

»Sehen aus wie Katzenaugen«, meinten sie.

»Meine Kinder haben die Augen tagelang nicht aufgemacht.«

»Genau wie Katzen.«

Tomei räusperte sich vernehmlich. »Frau«, wagte er einzuwerfen. »Wir haben noch ein ganzes Stück Weg vor uns.«

Sie achteten nicht auf ihn.

»Was für lange Finger!«, rief eine.

»Das vererbt sich vom Vater auf den Sohn und immer weiter«, erklärte die Älteste. »Genau wie ein Fluch.«

In manchen Familien waren große Ohren an der Tagesordnung, in anderen große Hände. Und in wieder anderen Familien stieß man auf große Füße.

Sie warteten darauf, dass Grace es ihnen erläuterte. Sie harrten vergebens.

»Bei meiner Familie sind's die Zähne«, sagte eine andere, als offenbar wurde, dass Grace sich ihnen nicht mitteilen wollte. »Meine Babys kommen mit großen Schneidezähnen zur Welt.«

»Das kann doch nicht normal sein«, erwiderte eine andere.

»Meine sind über und über mit weichem Flaum bedeckt«, steuerte eine weitere bei.

»Es heißt, dass Chief Jona mit Bart zur Welt gekommen ist.«

»Der Katechist hatte sechs Finger an jeder Hand ...«

»Zauberei«, mutmaßte eine andere.

»Nein, keine Zauberei«, entgegnete die Älteste. »Das sind Auserwählte. Es ist ein Segen, kein Fluch.«

Worauf Tomei, der nicht noch mehr solcher Kröten schlucken mochte, sie alle beiseite schob und seine Frau am Ellbogen fasste. Er führte sie über den Fluss und folgte dem rutschigen Pfad zurück in den Wald.

»Ich habe dir doch verboten, das Baby irgendjemandem zu zeigen«, schimpfte er mit ihr.

Das »Irgendjemand« schloss natürlich seine neun Töchter nicht ein, die gerade aus der Schule zurückgekehrt waren und gespannt auf die Heimkehr der Eltern warteten. Sie stürmten nun auf ihre Mutter zu und umringten sie, denn sie wollten ihren kleinen Bruder zu Hause begrüßen.

Tomei kam sich mit einem Mal überflüssig vor. Er nahm einen Hocker und zog sich in den Schatten der Schirmakazie zurück. Ein besiegter und einsamer Mann. Sein Hund gesellte sich zu ihm unter den Baum. Wie konnte das größte Ereignis seines Lebens nur zu einem derartigen Albtraum werden, fragte er sich.

»Gehört das Baby uns?«, hörte er die Mädchen ihre Mutter fragen. »Dürfen wir es behalten?«

»Selbstverständlich gehört es uns«, versicherte Tabitha, seine Älteste, den anderen.

»Es ist so süß. Darf ich es mal halten?«

»Aber warum ist es so weiß?«, fragte die Jüngste.

Es sah so aus, als gäbe es für Tomei keinen Ausweg aus seinem Elend. Der Hund, der seine Pein spürte und die Hoffnung hegte, Tomei könnte endlich die wahre Bedeutung der Einsamkeit begriffen haben, kroch näher an ihn heran und duckte sich. Er wollte unter den Hocker kriechen, aber Tomei versetzte ihm einen heftigen Fußtritt, und er verzog sich.

Dann nahm Tomei seine Machete und begann sie zu schleifen. Sie war bereits scharf wie eine Rasierklinge und musste nicht mehr geschärft werden, trotzdem wetzte er sie ein weiteres Mal.

Seine Frau sah, wie die Adern in seinem Nacken und an den Armen hervortraten, und machte sich Sorgen. Was er als Nächstes unternehmen würde, ließ sich beim besten Willen nicht vorhersagen.

5

Als Nächstes aber holte Tomei seine Mastziegen aus dem Ziegenstall.

Er hatte die Ziegen im Stall gemästet, und daher hatten sie seit neun Monaten kein Tageslicht mehr gesehen. Nun ließ Tomei sie heraus und führte sie zum Weiden ins Freie.

Weil sie sich so lange im Dunkeln aufgehalten hatten, waren sie halbblind und so fett, dass sie kaum laufen konnten, aber mit einiger Geduld schaffte er es, dass sie vom Gehöft trotteten. Er dirigierte sie durch das Tor und trieb sie so weit vom Kinderlachen weg, wie sie nur eben vorwärts kamen. Dann pflockte er sie am Wegesrand an, setzte sich daneben und zerbrach sich den Kopf über die jüngsten Ereignisse.

Er war fast eingeschlafen, als Old Noah auftauchte. Von seinen Sorgen niedergedrückt, kam er die Straße herabgehumpelt. Als er Tomei bemerkte, der mit der Machete in der Hand am Wegesrand saß, blieb er in sicherer Entfernung stehen.

»Sei gegrüßt«, rief er ihm zu.

»Sei ebenfalls gegrüßt«, antwortete Tomei.

Sie maßen einander. Nicht, dass sie verfeindet waren. Sie waren einfach zwei Männer, deren ehrgeizige Ziele einander zuwiderliefen. Zwei Bullen, die nicht an denselben Pfahl gepflockt werden konnten.

Auch weiterhin den Abstand wahrend, holte Old Noah seine Schnupftabakdose hervor und hielt sie Tomei mit ausgestrecktem Arm hin. Tomei nahm das Angebot an, genehmigte sich eine Prise und reichte die Dose zurück. Erst jetzt schwanden Old Noahs Bedenken, und er entspannte sich sichtlich.

Er sei in der *Anderwelt* gewesen, berichtete er Tomei. Honig kaufen. Seine künftigen Schwiegerleute würden ihm heute einen Besuch abstatten.

Tomei war noch nie in der *Anderwelt* gewesen, hatte aber gehört, dass es dort Ziegen von der Größe eines Gnus gab und Kühe, die so groß waren wie Elefanten. Weiterhin hieß es, dass dort die Männer die Babys auf dem Rücken trugen und die Frauen das Kommando führten. Und man erzählte sich, dass Kinder dort gekauft und veräußert wurden wie Ziegen auf dem Markt.

»Die verkaufen dir eine Hyäne und machen dich glauben, es sei eine Ziege.« Old Noah schüttelte ehrfürchtig den Kopf. »Das Einzige, das sie dir nicht verkaufen, ist das Leben. Sie haben noch keinen Weg gefunden, ein Leben in eine Kalebasse zu füllen.«

Während sie sich über derlei Dinge unterhielten, kam

ein Mann den Weg heruntergeradelt, den sie kannten. Er sang laut in einer fremden Sprache.

Pater Giovannis Haut war von dunklem Ziegelrot. Arme und Gesicht waren mit dunklen Flecken übersät. Er behauptete von sich, älter als die meisten Dorfbewohner zu sein. Aber das glaubte ihm niemand. Nach der Beichte am Sonnabend pflegte er nämlich mit den Jungen Fußball zu spielen, und auf seinem Fahrrad fuhr er ganz Happy Valley ab, lud sich bei den Familien ein und sich deren Probleme auf. Und er tat Dinge, die kein Mann in ehrwürdigem Alter tun sollte.

»Seid gegrüßt, meine Söhne«, rief ihnen der Priester zu.

Tomei packte seine Machete fester. Old Noah hustete trocken und spie geräuschvoll den Schleim aus.

Muti und andere Alte, die den Priester um seine schier endlose Energie beneideten, hatten das Gerücht in die Welt gesetzt, dass der Priester überhaupt kein alter Mann wäre und dass er zu Hause viele Kinder hätte und aus diesem Grunde alle und jeden als sein Kind bezeichnete.

»Ich bin überrascht, euch beide so einträchtig beieinander sitzen zu sehen«, sagte er, stieg von seinem Fahrrad und streckte die Hand zum Gruß aus. Old Noah übersah die ausgestreckte Hand geflissentlich. Tomei aber ergriff und schüttelte sie.

Was den Priester so unerträglich machte, war die Tatsache, dass er sich durch nichts entmutigen ließ. Wie sehr sich die Clans auch immer bemühten, ihn mit Missachtung zu strafen, wie verzweifelt sie ihn auch abwiesen, Pater Giovanni kehrte immer wieder, lächelte jeden an, liebte alle und bot Hilfe an, die niemand haben wollte.

»Ich sehe, ihr seid immer noch Freunde«, hob er an.

»Wir sind Nachbarn«, stellte Old Noah richtig. »Ein guter Nachbar ist mehr als ein Freund. Allerdings erwarten wir nicht, dass Ausländer so etwas verstehen.«

»Ich verstehe es schon«, sagte der Priester. »Ich glaube nämlich an das Gebot ‚Liebe deinen Nächsten wie dich selbst'.«

Liebe war hier überhaupt nicht im Spiel, doch auch hier erwartete Old Noah nicht, dass ein Ausländer das begriff.

»Wie deine Tochter mir erzählt hat, hast du ihr verboten, nach Nairobi zu ziehen«, fuhr der Priester fort.

Old Noah zuckte zusammen. Die Angelegenheit zwischen seiner Tochter und ihm war Familiensache. Selbst Freunde und Verwandte waren klug genug, sich da nicht einzumischen. Und der alte Priester war von beiden, Verwandten wie Freunden, so weit entfernt wie eine Hyäne von einer Ziege.

»Wie du weißt«, sagte Old Noah, der nur mit einiger Mühe den Zorn unterdrücken konnte, der in ihm aufstieg, »habe ich viele Söhne, aber nur eine einzige Tochter.«

»Genau deshalb musst du ihr erlauben, zur Universität zu gehen«, meinte der Priester.

»Und was hat Abrahams Tochter von der Universität mit nach Hause gebracht?«, fragte Noah.

»Einen Abschluss?«, riet der Priester.

»Den wir weder essen noch in einem Kornspeicher lagern konnten«, erinnerte Old Noah ihn. »Und einen Ehemann, dessen Sprache wir immer noch nicht verstehen.«

»Er ist ein guter Mann«, sagte Pater Giovanni.

»Ein Fremder«, beharrte Old Noah auf seiner Meinung.

»Wie wir aber erlebt haben«, erwiderte der Priester und nickte liebenswürdig, »sind Fremde manchmal mehr wert als Brüder.«

»Nenn mir einen«, forderte Old Noah.

»Nun ...« Der Priester dachte angestrengt nach.

Sie überließen ihn seinen Gedanken, teilten noch eine Prise Schnupftabak miteinander und redeten über Tomeis Ziegen. Gute und fette Ziegen seien das, reif für ein Schlachtfest. Ob Tomei sie vielleicht gegen eine Färse eintauschen würde? Nie im Leben. Gegen zwei Bullen? Um nichts auf der Welt.

»Mutter Teresa«, platzte der Priester wie aus dem Nichts hervor.

»Verstehst du nun, warum niemand den Hohlkopf leiden kann?«, murmelte Old Noah. »Der gibt einfach keine Ruhe.«

»Mutter Teresa war die Güte selbst«, erklärte ihnen der Priester.

»Sie war eine Frau«, gab Old Noah zu bedenken. »Und jetzt willst du mir bestimmt gleich klarmachen, dass eine Frau mehr wert ist als ein Mann, oder?«

»Sie ist genauso viel wert«, sagte der Priester.

»Genauso viel. Und zu welchem Zweck?«, empörte sich

Old Noah. »Die Frau, von der du sprichst, hat sich geweigert, sich wie eine Frau zu benehmen. Ist es das, was du dir auch für meine Tochter wünschst?«

»Deine Tochter ist ein vernünftiges Mädchen«, wandte Pater Giovanni ein. »Ich bin davon überzeugt, dass sie nicht ohne deine Zustimmung heiraten wird.«

»Dafür werde ich sorgen«, versicherte Old Noah ihm. »Sie bleibt hier im Dorf wie ihre Mutter und ihre Großmutter.«

Er steckte die Schnupftabakdose ein – zum Zeichen dafür, dass die Unterhaltung beendet war. An Tomei gewandt, sagte er in gutnachbarlichem Tonfall, dass er auf der Suche nach fett gemästeten Ziegen sei, wie den beiden, die Tomei gerade weidete. Er brauche sie für die Hochzeit seines Sohnes. Tomei weigerte sich noch einmal, die Ziegen zu verkaufen.

»Komm doch nachher mal bei mir vorbei«, lud Old Noah ihn dennoch ein. »Komm und teile das Mahl mit meinen Schwiegerleuten.«

»Ich werde kommen.« Tomei nahm die Einladung an.

»Dann bleib gesund«, verabschiedete sich Noah und wandte sich zum Gehen.

»Geh in Frieden«, antwortete Tomei.

»Warte auf mich«, sagte der Priester zu Old Noah. »Bleib gesund, Tomei. Und grüß deine schöne Frau von mir.«

Tomei sah ihnen hinterher, wie sie davongingen, unterwegs weiter über ihre Überzeugungen streitend. Langsam verklangen ihre Stimmen.

Die Wolke war zwar ein wenig kleiner geworden, doch noch immer fiel kein Lichtstrahl in Tomeis Herz. Er legte sich ins Gras, um auszuruhen, und fiel in einen tiefen, erschöpften Schlaf. Er erwachte nicht eher, bevor sich die Ziegen nicht satt gefressen hatten und mit lautem Meckern verlangten, nach Hause geführt zu werden.

Grace war überrascht, als sie Tomei so zeitig zurückkehren sah. Sie beobachtete ihn argwöhnisch, wie er die Ziegen einsperrte und sich unter dem großen Baum auf eine Matte legte. In seinem Magen rumorte es lautstark. Seit der Geburt ihres Babys hatte er nichts mehr gegessen.

»Ich mache Abendbrot«, sagte sie und begab sich an die Arbeit.

Er schlief fast auf der Stelle ein. Der Hund lag neben ihm.

6

Es war der Hund, der sich als Erster regte, weil er Chief Jonas Ankunft witterte und kläffend zum Tor rannte.

Tomei setzte sich abrupt auf und langte nach der Machete an seiner Seite. Er erhob sich, als der Chief, dessen Frau und ihrer beider Tross aus Gefolgsleuten und Frauen auf sein Gehöft zuschritten, mit großem Lärm, den Hund schwanzwedelnd an ihrer Seite.

Chief Jona führte den Aufmarsch an, ausgemergelt und königlich zugleich in seinem Ornat aus Leopardenfell. Den Stab, das Zeichen seiner Amtswürde, trug er wie ein müder Schäfer über der Schulter. Seine Frau ging einen Schritt hinter ihm. Sie stützte sich auf einen Stock, den sie eigentlich nicht brauchte und nur für den Fall mit sich führte, dass eine Schlange ihren Weg kreuzte. Sie war es, die redete, mit erhobener Stimme, als tadelte sie. Der Chief ließ ab und zu ein Grunzen hören, um zu zeigen, dass er ihre Worte klar und deutlich vernahm.

Dann betraten sie den Innenhof, und der Chief sah Tomei vor sich stehen, die Machete in der Hand.

»Wir sind nicht gekommen, um zu streiten«, sagte er. »Beruhige dich.«

»Wir sind wegen deines Sohnes hier«, wurde Tomei von seiner Mutter aufgeklärt. »Wir haben so viel über ihn gehört, dass wir gar nicht wissen, was wir glauben sollen.«

»Der Junge schläft«, gab Tomei ihr zur Antwort.

»Dann weck ihn!«, befahl der Chief.

»Weck ihn nicht auf«, widersprach die alte Frau. »Wir können warten.«

»Warten?«, grollte der Chief. »Weib, weißt du eigentlich, wie viele Bullen ich heute noch kastrieren muss?«

»Deine Bullen können warten«, gab seine Frau zurück.

Man erzählte sich, dass sie vom Geist eines uralten Orakels besessen war und den Verstand eines Zauberers sowie einen eisernen Willen besaß. Kein Mann könne ihr widerstehen, hätte sie erst einmal beschlossen, sich durchzusetzen. Die Mitglieder des Hohen Rates begegneten ihr mit größter Ehrerbietung und fürchteten, dass sie die böse Absicht hegte, ihnen weibliche Ratsmitglieder aufzuzwingen und, was noch schlimmer wäre, den Männern die Macht zu entreißen und sie den Frauen zu übergeben.

Der Chief schaute sich nach einem Opfer um, an dem er seinen Unmut auslassen konnte, und entdeckte den Hockerträger, der untätig hinter ihm stand.

»Worauf wartest du noch?«, donnerte er ihn an.

Der Hockerträger setzte geschwind den Hocker des Chiefs auf den Boden und sprang zurück, um nicht von dessen Stab getroffen zu werden. Der Schirmträger eilte herbei, um Schatten zu spenden, und der Fliegenschläger schwang seinen Fliegenwedel über dem Kopf des Chiefs hin und her.

Es hieß, dass Chief Jona einen Mann zwingen könnte, sich zu unterwerfen, ohne dass er dazu den Stock gebrauchen musste.

Bei den Bullen, die er noch zu kastrieren hatte, handelte es sich um eine Bande verschlagener alter Ratsmitglieder, die sich einbildeten, sie könnten die Angelegenheiten des Clans ohne ihn regeln. Aber sie konnten warten. Wie seine Frau es gesagt hatte. Er nahm Platz, schwerfällig und verärgert. Sollte seine Frau doch zusehen, wo sie sich hinsetzte.

»Was hast du gehört?«, fragte Tomei seine Mutter.

»Nichts, was dich etwas anginge«, antwortete sie und schaute sich nach einem Sitzplatz um.

Grace beobachtete das Geschehen vom Hauseingang her und wartete darauf, dass man sie bemerkte.

»Grace wird euch etwas zu essen bringen«, sagte Tomei.

»Wir sind nicht zum Essen gekommen«, verkündete der Chief.

»Wir werden etwas essen«, entschied seine Frau.

»Weib, bist du noch bei Trost?« Er gab auf und begnügte sich damit zu grollen, weil sie doch von nichts eine Ahnung hatte.

Grace brachte ihr einen Hocker und stellte ihn am Eingang ab.

»Der Junge schläft nicht«, sagte sie. »Ich hole ihn dir.«

Tomei griff nach seiner Machete und schlurfte fort zu

seiner Bananenplantage, um dort seiner Wut freien Lauf zu lassen.

Grace brachte den Säugling heraus und legte ihn der alten Dame in den Schoß. Die Großmutter wickelte ihn Stück um Stück aus und untersuchte ihn gewissenhaft. Ihre Begleiterinnen, die ihr dabei über die Schulter sahen, brachten ihr Erstaunen und ihre Bewunderung zum Ausdruck.

»Wo!«, riefen sie.

»Ho!«, sagten sie.

»Heh!«, erklang es im Chor.

Chief Jona schaute unbeteiligt zu und ließ den Frauen ihr Vergnügen. Heute war ihr Tag.

Seine Frau untersuchte die Augen des Babys, drehte seinen Kopf erst in die eine, dann in die andere Richtung, um ihn in besserem Licht zu betrachten. Sie schien beeindruckt. Die Augen sahen aus, als besäße das Kind tiefe Weisheit und Mut. Sie befühlte den Kopf, ob sie eventuell Knoten fände, zwickte den Säugling in die Wangen. Sie öffnete den winzigen roten Mund und schaute hinein. Sie war keineswegs überrascht, als sie darin weder Reißzähne noch eine gespaltene Zunge entdeckte, wie die Gerüchte behauptet hatten.

Langsam arbeitete sie sich voran, untersuchte den Hals und die Brust und fand alles in bester Ordnung. Das Baby hatte zwei Arme und zwei Hände, die in der richtigen Weise am Körper befestigt waren. Jede Hand hatte zudem genau fünf Finger. Die Fingernägel besaßen die richtige Form und Größe und hatten überhaupt nichts Unheilvolles an sich.

Chief Jona erhob sich ungeduldig und stützte sich auf seinen Stab. Als er sah, wie die Frauen die Finger des Babys zählten, fragte er sich laut, was Finger mit Größe zu tun haben sollten. Ein erbberechtigtes Kind, sagten sie laut, wenn auch nicht in seine Richtung, sei wie ein Opferlamm. Alles müsse genau passen, ohne den geringsten Makel.

Der Chief grunzte und stellte erneut fest, dass Frauen überhaupt keine Ahnung hatten. Der Fliegenschläger und der Hockerträger nickten zustimmend, hielten aber, wie es von ihnen verlangt wurde, den Mund.

Die alte Frau untersuchte die Nabelschnur. Als sie feststellte, dass sie die richtige Form und Größe hatte, spuckte sie segnend darauf.

Dann entblößte sie das Geschlecht des Jungen.

»Woe!«, rief sie völlig verblüfft.

»Lo!«, rief eine Frau aus ihrem Gefolge.

»Lo!«, ertönte das Echo von einer zweiten.

»Ho-Ho-Ho!«, riefen sie im Chor.

Es konnte keinerlei Zweifel geben. Dies war Tomei-Yekes Enkelsohn.

Dann zählte die alte Frau die Beine und die Zehen. Und da alle vorhanden waren, spuckte sie auch darauf und murmelte ihren Segen.

Schließlich, als sie sich davon überzeugt hatte, dass nichts fehlte, wickelte sie ihren Enkelsohn wieder in seine Tücher, spuckte ihm ins Gesicht, hob ihn der Sonne entgegen und begann zu beten.

»Allmächtige Hand«, betete sie, »Spenderin von Leben

und Tod und allem, was dazwischen liegt! Wir danken dir für dieses Kind und bitten dich darum, dass du den Jungen zu einem guten und höflichen Mann heranwachsen lässt, zu einem starken und feinfühligen Mann, zu einem Mann der Vernunft, zu einem gerechten Mann, zu einem Mann, den alle lieben, zu einem Mann, der seinem Volk ebenso sehr zur Ehre gereicht wie seine Vorfahren.«

Dann trat sie auf den Chief zu, hielt ihm den Jungen mit beiden Händen entgegen und zeigte ihm seinen Enkelsohn.

»Hier«, sprach sie feierlich zu Chief Jona. »Hier ist dein Enkel Gift.«

»Gift«, wiederholten die Frauen in ihrem Gefolge.

»So sei es«, antwortete Chief Jona, trat vor, um seinen Enkelsohn entgegenzunehmen und ihn zu seinem Erben zu ernennen.

Tomei hatte sich weit in die Bananenplantage zurückgezogen und hackte auf die Bananenstauden seiner Frau ein, als Chief Jona sich zu ihm gesellte. Als er seinen Vater so aschgrau auf sich zukommen sah, bereitete er sich innerlich darauf vor, dass er um sein Leben kämpfen musste.

»Sohn«, sagte der Chief, »wir müssen reden.«

Sie sprachen miteinander bis zum Sonnenuntergang. Chief Jona redete die ganze Zeit, während Tomei zuhörte, nickte und Dingen zustimmte, die er kaum verstand und noch weniger befürwortete. Zustimmen musste er ihnen trotzdem, denn der Chief sagte, dass es so sein müsse und das Überleben des Hauses Jona davon abhinge.

7

Am helllichten Tag stattete Tomei Muti einen Besuch ab. Vor den Augen der ganzen Welt. Längst war seine Schmach kein Geheimnis mehr, und als er sich in der Warteschlange anstellte, hatte er nichts mehr zu verbergen.

Als die Reihe an ihn kam, betrat er Mutis Höhle und setzte sich auf einen Hocker am Feuer. Unter dem Arm trug er einen makellos weißen Hahn. In wenigen Worten berichtete er dem Zauberheiler, weshalb er ihn erneut konsultieren musste.

Er habe einen Sohn, das wohl. Diesen Wunsch hätten die Geister ihm erfüllt. Und, ja, er würde auch noch den ausstehenden Restbetrag zahlen, den er ihm für diesen Dienst schulde. Im Augenblick aber habe er ein dringenderes Anliegen.

Er erzählte Muti alles, was ihm widerfahren war, angefangen bei dem Tag, an dem seine Frau schwanger geworden war, bis zum Tag ihrer Niederkunft. Die neun Monate dauernde, zermürbende Reise von aufkeimender Hoffnung zu vernichtender Verzweiflung.

Muti hatte bereits davon erfahren, und als er nun um das Feuer und den darauf brodelnden Kessel tanzte, dankte er den Geistern dafür, dass sie ihm das Werkzeug zu Tomeis Rettung in die Hand gegeben hatten. Er schleuderte eine Hand voll Hühnerknochen auf das Ziegenfell, das auf dem Boden ausgebreitet lag, und befahl ihnen zu sprechen.

»Was wissen sie?«, fragte Tomei, der ihn beobachtete, wie er die Knochen zu Gruppen ordnete und zählte.

»Nicht gut.« Muti schüttelte den Kopf. »Überhaupt nicht gut.«

»Was sagen sie denn?«

»Sie sagen ...« Muti starrte ihn an. »Feuere die Geister an!«

Tomei griff sich ein Holzscheit und warf es in das Feuer.

»Ein schreckliches Übel hat dein Haus heimgesucht«, offenbarte Muti, als Tomei zu seinem Hocker zurückgekehrt war.

»Das habe ich selbst dir gesagt«, wehrte Tomei ungeduldig ab. »Was ist mit dem Jungen? Was sagen die Geister über den Jungen?«

Die Geister hätten ihm einen unbezwingbaren Krieger versprochen, erinnerte er Muti, einen Sohn ohnegleichen. Und was er bekommen hatte, war weniger noch als ein Zwerg und kaum größer als eine Eidechse.

Erneut warf Muti seine Knochen und sortierte sie. Dabei schnalzte er geräuschvoll mit der Zunge. Auch Old Noah war wegen des Jungen, dem einzigen Hindernis, das seinem Aufstieg in den Ältestenrat entgegenstand, bei ihm gewesen.

»Höchst seltsam«, sagte er.

Die Tatsache, dass auch Tomei wieder zu ihm gekommen war, bedeutete für ihn, dass er jetzt zwei Ziegen über dem Feuer braten konnte.

»Der Säugling ist nicht so wie die anderen«, sagte er zu Tomei.

»Auch das habe ich selbst dir erzählt.« Tomei konnte die Verzweiflung in seiner Stimme nicht verbergen.

»Feuere die Geister an«, gebot der Zauberkundige streng.

Es hatte einmal eine Zeit gegeben, da war es für Muti selbstverständlich gewesen, dass seine Bittsteller ihr eigenes Feuerholz mitbrachten. Die ganze Nacht hindurch oder zumindest so lange, bis sie nicht mehr gewitzter sein wollten als er, hatte er sie damals die Geister anfeuern lassen. Mit der Zeit hatten seine Bittsteller aber immer weniger Holz mitgebracht, bis es schließlich ausgegangen war. Also hatte sich Muti einen Lehrling gesucht, der ihm das Feuerholz am Höhleneingang stapelte, weit genug vom Feuer entfernt, um Missetätern die Zeit zu geben, darüber nachzudenken, wie unklug es war, den Geistern widersprechen zu wollen.

Der Gang zum Holzstapel und zurück ließ auch Tomei Zeit zum Nachdenken.

»Haben die Knochen irgendetwas mitzuteilen, das ich nicht weiß?«, fragte er.

»Schweig!«, fuhr Muti ihn an.

Die Knochen hatten etwas zu sagen.

»Die Augen sind grün«, las Muti aus ihnen. »So grün wie Gras.«

»Viel grüner.«

»O!« Muti schüttelte vor Schreck den Kopf.

Alles, was er bislang über den Säugling erfahren hatte, stammte von den beiden Männern, von denen der eine das Baby tot wünschte und der andere es geheilt sehen wollte. Er hatte darauf gehofft, einen Weg zu finden, den einen zufrieden zu stellen, ohne den anderen zu enttäuschen, doch das war mittlerweile wohl unmöglich geworden.

»Warte hier!«, beschied er Tomei und humpelte in die hinteren Winkel der Höhle. Dort wühlte er in einem dunklen Fellsack, wobei er zusammenhangslos vor sich hin murmelte, und kehrte dann mit einer Hand voll getrockneter Ziegenknochen zurück. Er rief jeden Knochen bei seinem Namen an, warf sie rasselnd auf das Ziegenfell und zählte sie dreimal.

»Aha!«, rief er.

»Was?«

»Schür das Feuer!«, befahl er.

Tomei stand auf, um Holz zu holen. Muti suchte unterdessen in seiner großen Sammlung mit Kalebassen und Flakons.

»Grün wie eine Schlange.« Er befühlte eine Kalebasse, die mit getrocknetem Schlangengift gefüllt war. »Nun wollen wir mal sehen.«

Er tastete erneut in der Dunkelheit herum und kam mit einem anderen Flaschenkürbis zum Vorschein.

»Augen wie ein Leopard«, murmelte er und überprüfte eine kleine Kalebasse, die die Gallenblase eines Stinktiers enthielt. »Was wird es sein?«

Schließlich entschied er sich für die Milch des *Guza*. Das war ein Gift, das so stark war, dass sich Legenden darum rankten.

»Also, du musst Folgendes tun«, erklärte er, während er etwas von dem Gift in eine kleinere Kalebasse umfüllte. »Gib drei Tropfen davon in Ziegenmilch.«

»In Ziegenmilch?«

»In Ziegenmilch«, bestätigte er. »Damit wäschst du zweimal am Tag die Augen aus.«

»Zweimal am Tag?«

»Zweimal am Tag.« Und nur um sicher zu gehen, setzte er hinzu: »Die Augen des Babys.«

Tomei nahm die Medizin und übergab Muti den weißen Hahn.

»Komm in drei Tagen wieder her«, trug Muti ihm auf.

Tomei blieb stehen. Er hatte geglaubt, damit wäre die Angelegenheit erledigt und das Geschäft besiegelt. Jetzt stand er am Höhleneingang und traute sich nicht zu fragen, warum er wiederkommen sollte.

»Bring einen schwarzen Hahn mit«, trug Muti ihm auf.

Eine Schlange Bittsteller zog sich vom Höhleneingang bis in den Wald hinein. Alle Wartenden waren Männer, und jeder trug einen makellos weißen Hahn unter dem Arm. Tomei aber nahm kaum irgendjemanden wahr, bestieg sein Fahrrad und radelte davon.

8

Nachdem ausreichend Zeit vergangen und der Clan sicher war, dass der Junge mit dem Namen Gift am Leben bleiben würde, begleiteten drei Vertreter des Hohen Rates Chief Jona zu Tomeis Haus. Sie hatten die Aufgabe, zu bezeugen, dass der Säugling tatsächlich ein Junge war.

Der Chief blieb im Innenhof zurück. Er war düsterer Stimmung. Die drei Ratsmitglieder, ein Lahmer, ein Ergrauter und einer, der zwischen den beiden anzusiedeln war, betraten das Haus, in dem man den Jungen nackt hingelegt hatte, damit sie ihn in Augenschein nehmen konnten.

Tomei hockte unter seinem Baum und schärfte wieder einmal seine Machete. Jetzt liegt die Angelegenheit nicht mehr in meinen Händen, sagte er zu seinem Hund. Mutis Medizin hatte versagt. Die Augen des Jungen waren grün geblieben, und auch die Haut war nicht, wie versprochen, dunkler geworden. Jeder hatte gesagt, dass die Haut nachdunkeln würde, sobald der Junge mit den Strahlen der Sonne in Berührung käme. Jetzt hing alles davon ab, was die drei Ratsmitglieder sahen und entschieden.

Als die Ratsmitglieder aus dem Haus traten, erkannte Tomei sofort, dass sie ihm keine guten Nachrichten überbrachten. Er erhob sich, um zu hören, was sie zu sagen hatten. Einer nach dem anderen schüttelte vor dem Chief verneinend den Kopf.

»Du hast Zeit bis zu den ersten Regenfällen«, sagte der Chief zu Tomei.

Der Hohe Rat trat mit Einsetzen der ersten Regenfälle zusammen, um über die Aufnahme neuer Ratsmitglieder zu entscheiden.

Nachdem er das gesagt hatte, stürmte der Chief, gefolgt von zwei Ratsmitgliedern, davon. Der lahme Rat zögerte, die Krücken zurechtzustellen.

»Hab Mut, Sohn des Jona«, sagte er und klopfte Tomei auf die Schulter. »Jeder Dummkopf kann einen Sohn haben, aber nur ein Anführer vermag sein Volk zu führen. Wir sind Sklaven der Tradition, und die Gerechten haben zu leiden.«

Treffliche Worte, das wollte Tomei gern zugeben, aber wie sollten sie ihm helfen?

Grace kam, ihr Baby in den Armen, aus dem Haus, und der Rat zog Tomei außer Hörweite.

»Gibt es einen anderen Jungen?«, fragte er. »Irgendwo anders vielleicht?«

Nein, den gab es nicht.

Nicht mal ein einbeiniger, einäugiger?

Der sei der Einzige, versicherte Tomei ihm. Das Herz wollte ihm schier brechen. Dieser Junge sei wirklich der Einzige.

»Hab Mut«, sagte der lahme Rat. »Keinen Sohn zu haben, hat einen Tomei noch nie aufgehalten.«

Tomei blieb wie angewurzelt stehen. Der Rat lachte über den bestürzten Ausdruck auf Tomeis Gesicht und geleitete ihn zum Tor, an dem sich Chief Jona mit den beiden anderen Ratsmitgliedern beriet.

»Nur wenige wissen davon«, verriet ihm der lahme Rat, während sie zum Tor gingen. »Der große Tomei-Yeke, dein Urgroßvater, hat nie einen Sohn gezeugt. Und dennoch regierte er viele gedeihliche Jahre lang sein Volk. Die Tomeis herrschen bis auf den heutigen Tag.«

»Chief Jona?«, fragte Tomei fassungslos.

Der lahme Rat schüttelte den Kopf.

»Wir haben Angst davor, uns vorzustellen, was dem Überbringer solcher Kunde geschehen würde«, sagte er. »Von mir hast du das nicht erfahren.«

Tomei war ernstlich verwirrt. Wenn Chief Jonas Vater nicht der Sohn von Tomei-Yeke war, wer war er dann? Was war er dann? Und was bedeutete das für ihn, Toma Tomei?

»Das heißt, dass ein jeder auf einem Podest sitzen kann«, erklärte der Rat, als er Tomeis Verwirrung gewahr wurde. »Es ist der Aufstieg, der den Mann auszeichnet. Noch einmal: Von mir hast du das nicht erfahren.«

Als sie das Tor erreichten, sagte der grauhaarige Rat zum lahmen: »Es ist zu Ende. Unsere Arbeit hier ist getan.«

»Ja, getan«, stimmte sein Begleiter zu.

»Getan?«, fragte der lahme Rat erstaunt. »Jonas Sohn hat Zeit bis zu den ersten Regenfällen, oder?«

»Wozu?«, fragte der Grauhaarige. »Kann er denn bis zu den ersten Regenfällen pflanzen und ernten?«

»Das Gesetz ist eindeutig«, erwiderte der lahme Rat. Er drückte sich vorsichtig aus, weil er den Chief nicht beleidigen wollte. »Im Falle des Zweifels muss der Hohe Rat höchstselbst das Kind in Augenschein nehmen. Es wäre wahrlich ein rabenschwarzer Tag, wenn wir das außer Acht ließen.«

»Was sollten wir dabei noch außer Acht lassen?«, wunderte sich der Grauhaarige. »Du hast den Jungen doch mit eigenen Augen gesehen, oder nicht?«

»Ich habe einen Jungen gesehen«, nickte der Lahme. »Ich habe einen kleinen Menschen gesehen, der nicht anders aussieht als alle anderen, von dessen Aussehen allein aber das Schicksal dieses Mannes und des ganzen Clans abhängt.«

Die beiden anderen Ratsmitglieder sahen einander an. Sie waren hierher gekommen und hatten erwartet, auf einen klaren Fall von Überprüfung und Empfehlung zu treffen. Und was sie mit eigenen Augen gesehen hatten, ließ ihrer Ansicht nach keinerlei Zweifel mehr übrig.

»Ich bin dafür, dass wir keinen weiteren Atemzug an diese Angelegenheit verschwenden«, schlug der etwas stürmische jüngere Rat vor.

»Und Chief Noah mitteilen, sich auf seine Wahl vorzubereiten«, ergänzte der grauhaarige Rat. »Er hat sein Leben lang auf diesen Tag gewartet.«

Tomei räusperte sich und warf ein: »Ich habe Zeit bis zu den ersten Regenfällen.«

»Gar nichts hast du«, kanzelte der Grauhaarige ihn ab.

»Nicht mal einen Sohn«, verhöhnte ihn der Jüngere.

Tomei fuhr wütend hoch, doch der lahme Rat hielt die Hand zurück, die die Machete führen wollte, und sagte ruhig: »Jonas Sohn, die Zeit für Kriege ist vorbei.«

»So tölpelhaft sie sich auch benehmen«, fügte er leise hinzu, die beiden seien nun einmal Mitglieder des Hohen Rates und hätten deshalb das Recht, grob mit ihm umzuspringen.

Er wandte sich seinen Ratskollegen zu und fragte sie: »Worin besteht hier unsere Aufgabe?«

»Im Sehen und Betrachten«, sagte der Grauhaarige, »und im Bericht erstatten.«

»Bericht erstatten darüber, was wir gesehen haben«, ergänzte sein Mitstreiter.

»Und was haben wir gesehen?«, fragte er sie.

»Das weißt du selbst«, erwiderten sie.

»Sagt es mir.«

»Hast du keine Augen im Kopf?«

»Meine Augen sind alt und auf der Hut, also nicht mehr so vorschnell wie früher. Sie könnten sich irren.«

Sie hätten es wahrscheinlich nicht bei wütenden Worten belassen, doch Chief Jona räusperte sich plötzlich.

»Es ist entschieden«, sagte er und hob seinen Stock zum Zeichen, dass die freie Aussprache beendet war. »Ruft den Hohen Rat zusammen. Er soll darüber richten, was ihr heute hier gesehen habt. Es wäre tatsächlich ein trauriger Tag, wenn ihr euch geirrt hättet.«

»Wahrlich ein trauriger Tag«, wiederholte der lahme Rat.

»Mein Sohn würde euch das nie verzeihen«, setzte der Chief hinzu.

»Niemals!«, wiederholte der Lahme.

»Der Clan würde euch das niemals verzeihen«, schloss der Chief.

»Niemals!«, bekräftigte der Lahme die Worte des Chiefs.

Vor allem aber, fügte Chief Jona gefasst, aber mit drohendem Unterton hinzu, würde er selbst ihnen niemals verzeihen. Ans Ende der Welt würde er sie verbannen, in die kalten dunklen Winkel der Ratsversammlung, in die das Licht und die Wärme seiner Gunst niemals vordrangen. Das bedeutete ein Schicksal schlimmer noch als das eines räudigen Hundes.

Die beiden Räte, die bis zu diesem Augenblick die Wünsche des Hohen Rates über die des Chiefs gestellt hatten, blickten einander an.

»Bis zu den ersten Regenfällen also«, beschieden sie seinem Sohn.

Der Chief drehte sich um und schritt davon. Die Ratsmitglieder folgten ihm schweigend und ließen den Lahmen hinter sich, der mit seinen Krücken hantierte.

»Mein Bein sagt mir, dass es bald regnen wird«, sprach er laut, so dass sie es hören konnten.

Tomei schaute zum Himmel, als erwartete er, dass dort bereits Sturmwolken aufzogen.

»Sohn Jonas«, sprach der lahme Rat ihn an, sobald die

anderen außer Hörweite waren, »du musst selbst wissen, was du jetzt zu tun hast, denn ich kann dir nicht mehr helfen.«

Damit drehte auch er sich um und humpelte den anderen hinterher. Tomei war sich selbst überlassen. Er hatte Zeit bis zu den ersten Regenfällen, um dafür zu sorgen, dass sein Sohn Gift vom Clan angenommen werden konnte.

9

Während er Tomei zuhörte, der ihm auf der anderen Seite des brodelnden Kessels gegenübersaß, schüttelte Muti unablässig den Kopf und murmelte ungläubig vor sich hin.

»Immer noch Katzenaugen, sagst du?«, fragte er.

»Ja, Katzenaugen«, bestätigte Tomei.

»Und weiß ist er auch?«

»Weiß wie Milch.«

Muti kratzte sich am Kopf und fragte sich, wie es überhaupt hatte geschehen können, dass der Säugling die giftige Milch des *Guza*-Baumes überlebt hatte.

»Hast du die Medizin auch verwendet, die ich dir gegeben habe?«, fragte er.

»Ja, meine Frau«, sagte Tomei.

»Wie seltsam. Höchst seltsam«, stellte Muti fassungslos fest.

Er warf seine Knochen und ordnete sie in Gruppen, während er über seinen nächsten Schachzug nachdachte. Tomei wartete, einen schwarzen Hahn unter dem Arm. Der Kessel brodelte zwischen ihnen über dem Feuer und verbreitete einen so fauligen Geruch, dass ihm die Tränen in die Augen traten.

»Wie seltsam!«

Muti wühlte in einem Sack und zog eine getrocknete Kröte hervor, ein halbes Chamäleon und eine lebende Eidechse. Nacheinander warf er alles in den Kessel, fügte kaum wahrnehmbare Prisen von diesem und jenem hinzu und rührte um.

Er holte einen Skorpion hervor und setzte ihn auf das Ziegenfell neben dem Feuer. Erneut warf er die Knochen auf das Ziegenfell. Der Skorpion hüpfte, tanzte hin und her, sprang ins Feuer und explodierte.

Tomei schrak zurück.

»Hinsetzen!«, fuhr Muti ihn an.

Tomei setzte sich und sah zu, wie Muti alles in den Sack zurückwarf und diesen im hinteren Teil der Höhle verstaute. Er brachte Tomei zwei kleine Flaschenkürbisse mit nach vorn.

»Das hier ist für die Augen«, erläuterte er. »Zwei Tropfen ins Trinken und drei zum Auswaschen der Augen. Und das hier ist für den Körper. Vermisch es mit seiner Milch.

»Mit seiner Milch?« Tomei war verblüfft.

»Im Badewasser.«

»Im Badewasser?«

Nicht einmal Muti konnte Grace dazu bringen, so etwas zu tun.

»Gieß sie folgendermaßen in das Badewasser«, erklärte Muti und führte es ihm vor. »Mit der linken Hand greifst du über die rechte. Dabei zeigen deine Finger in diese Richtung. Klar?«

Tomei nickte verunsichert.

»Zeig es mir«, befahl Muti ihm.

Tomei legte die Hände übereinander, wie Muti es ihm gezeigt hatte.

»Gut.« Muti nahm ihm den schwarzen Hahn aus den Händen. »Nächstes Mal bringst du mir eine Ziege mit. Sie muss reinweiß sein.«

Nächstes Mal? Musste er denn noch einmal herkommen? Hörte das denn niemals auf?

»Du willst doch, dass dein Sohn richtig gesund wird, oder?«, erinnerte Muti ihn.

Vor der Höhle stand eine Schlange Bittsteller bis weit in den Wald hinein. Ein jeder trug einen makellos schwarzen jungen Hahn unter dem Arm.

Eine Schlange anderer Art zog sich in Tomeis Gehöft vom Tor bis zum Haus. Tabitha hatte sich an der Haustür aufgestellt und nahm Münzen, Eier, Knöpfe und alle möglichen anderen Gegenstände in Empfang, die die Kinder dafür zahlten, das Baby sehen zu dürfen. In der Schule hatte das Gerücht die Runde gemacht, der Säugling könnte lesen.

In dem Augenblick aber, da sie Tomeis Fahrrad näher kommen sahen, löste sich die Versammlung auf. Die Kinder verschwanden in der Bananenplantage, und Tabitha brachte das Baby ins Haus zurück.

»Wo ist deine Mutter?«, fragte er und lehnte sein Fahrrad an den alten Baum.

Die Mutter der Mädchen war Holz sammeln gegangen. Oder auch Wasser holen. Sie wussten es nicht genau, weil sie selbst so sehr mit ihrer Idee beschäftigt gewesen waren.

Gift lag wieder in seinem Bett im Haus. Seine seltsamen Augen starrten zum Strohdach hinauf. Tomei hob ihn aus dem Bett und trug ihn nach draußen, um ihn im Licht der Sonne zu begutachten.

Grace hatte die Mädchen gewarnt, sie sollten sich von Tomei fernhalten, wenn er Selbstgespräche führte, und ihm vor allen Dingen keine Fragen über ihren Bruder stellen. Jetzt schauten sie schweigend zu, wie er das Baby ins Licht hielt und es mal hier hin und mal dorthin drehte und wendete.

So weit er es beurteilen konnte, hatte Mutis Medizin nicht das Geringste bewirkt. Wenn überhaupt, dann war die Haut des Jungen noch weißer, und die Augen waren noch grüner geworden. Auf seinem Kopf zeigte sich nun ein rötlicher Flaum, und Tomei konnte nur hoffen, dass dies der Anfang der versprochenen Veränderungen war.

Grace fand ihn damit beschäftigt, den Himmel nach Anzeichen der ersten Regenfälle abzusuchen. Dabei murmelte er vor sich hin.

»Hast du ihm die Augen ausgewaschen?«, fragte er sie.

Sie trug eine riesige Ladung Feuerholz auf dem Rücken und war zu erschöpft, um ihm zu antworten.

»Warum sind sie nicht schwarz?«, fragte er weiter.

Mit einem atemlosen »Whoooo!« setzte sie das Feuerholz im Hof ab.

Ohne ihr auch nur einen Augenblick Erholung zu gönnen, drückte er ihr das Baby in den Arm und holte die Flaschenkürbisse mit der neuen Medizin hervor.

»Das hier ist für seine Augen«, erklärte er ihr, »und das hier für seinen Körper. Du vermischst die Medizin mit seiner Milch ...«

»Seiner Milch?« Sie blickte verdutzt hoch.

»Und schüttest alles zusammen in sein Badewasser, aber unbedingt mit der linken Hand.«

»Mit der linken Hand?« Sie war mehr als nur verblüfft.

»Die Finger über Kreuz.«

»Warum über Kreuz?«

»Mach es so, wie ich es dir sage, Frau. Dreimal täglich.«

»Dreimal täglich?«, fragte sie ungläubig.

»Nicht mehr und nicht weniger.«

»Dreimal täglich?« Sie verlor die Fassung. »Ich soll das Baby dreimal täglich baden? Holst du also Wasser und kochst das Essen, während ich das Baby dreimal täglich bade? Tust du das? Mit gekreuzten Fingern? Bist du denn ganz und gar übergeschnappt?«

Tomei hatte bisher nur einmal erlebt, dass sie so wütend geworden war. Und bei diesem einen Mal war es nicht gut für ihn ausgegangen. Also schwang er sich auf sein Fahrrad und fuhr davon.

Sobald er fort war, ging Grace in den hinteren Teil des Hauses, langte hinauf in das Strohdach und zog ein Lumpenbündel hervor. Darin befanden sich die anderen Kalebassen, die Tomei ihr anvertraut hatte, sorgfältig eingewickelt. Sie legte die beiden neuen Flaschenkürbisse hinzu und verschnürte das Bündel, bevor sie es wieder in seinem ursprünglichen Versteck verstaute.

10

Eingezwängt wie ein ungebetener Gast bei einer Clanversammlung, drängte sich die Kirche zwischen das Dorf und die Hügel. Sie war riesig. Ein strohgedecktes Gebäude, das in mondhellen Nächten wie ein weidender Elefant aussah. Wer noch nie auch nur einen Fuß hineingesetzt hatte, dem war sie Anlass zu Verdächtigungen und Mutmaßungen.

Dunkel wirkte das Innere und geheimnisvoll. An den Wänden reihten sich Heiligenstatuen und Heiligenbilder. Den Altar, der mit einem Tuch in weiß und lila abgedeckt war, schmückten Kerzenständer und riesige Messingtöpfe voller weißer Lilien. Silberne Kerzenständer, goldene Kelche und Weihrauchfässchen hatten darauf Platz. Das Gestühl war, ebenso wie der Beichtstuhl an der Wand, aus dunklem Mahagoni gearbeitet.

Vor dem Beichtstuhl standen die Jungen Schlange bis vor das Portal. Im Beichtstuhl vertraute sich Grace Tomei dem einzigen Menschen auf der Welt an, der sie verstand.

»Vergib mir, Vater, denn ich habe gesündigt«, begann sie, sobald sie niedergekniet war.

»Sprich«, erklang die Stimme auf der anderen Seite des Beichtgestühls. »Womit hast du gesündigt, mein Kind?«

Abgesehen von der gewöhnlichen Litanei lässlicher Sünden wie Wut, Eifersucht, Schwätzerei und Verzweiflung, hatte Grace nichts getan, was sie als Sünde bezeichnen würde. Sie war viel zu beschäftigt, um irgendjemandem böse sein zu können. Hatte sie etwa Feinde? Wie sollte sie Feinde haben, wenn sie doch so sehr in Anspruch genommen war? Von ihren Feldern, ihren Kindern und ihrem ...?

»Ehemann«, vervollständigte sie den Satz. »Ich habe daran gedacht, meinen Mann umzubringen.«

Auf der anderen Seite des Beichtstuhlfensters herrschte Schweigen. Ein Schweigen, das so nachhaltig war, dass es sie beunruhigte.

»Pater?«

»Wie heißt dein Mann, mein Kind?« fragte er und offenbarte damit, dass er ihre Stimme nicht zuordnen konnte.

»Ich bin's, Grace«, antwortete sie. »Grace Tomei.«

»Natürlich, mein Kind«, sagte er. »Wie geht es deinem Baby?«

Das war der erste Hinweis darauf, dass er wusste, wer sie war. Jetzt wünschte sie sich, sie hätte ihn im Pfarrbüro hinter der Kirche aufgesucht, statt zur Beichte zu kommen. Da hinten in seinem Büro hätten sie, anstelle dieses pseudoanonymen Austausches, dem die ganze Dorfjugend lauschen konnte, ein freimütiges Gespräch von Herz zu Herz führen können.

»Dem Jungen geht es gut, Pater«, berichtete sie ihm, »aber Tomei nicht.«

Seit der Geburt seines Sohnes sei Tomei ein anderer Mensch geworden. Er rede nicht mehr, es sei denn, er wolle sich beklagen, schimpfe immerzu mit den Kindern und konsultiere Muti.

»Den Zauberer?«, fragte Pater Giovanni.

»Ja, Pater.«

»Warum?«

Ein böser Geist habe von ihrem Ehemann Besitz ergriffen, teilte sie dem Priester mit. Er führe Selbstgespräche und schleiche nachts durch das Gehöft, mit wildem Blick und ruhelos. Er jagte ihr Angst ein. Auch die Kinder fürchteten sich vor ihm. Sie hatte Angst, er könnte eine Verzweiflungstat begehen.

»Was für eine?«

Sie hatte so große Angst um ihren Mann, dass es ihr das Herz abschnürte. Doch diese Angst auszusprechen, das wagte sie nicht. Es war ja bekannt, dass man einen Schrecken ins Leben rief, wenn man ihn benannte. Sie zeigte dem Priester die Medizinfläschchen, die Tomei ihr gegeben hatte. Sie hatte daran gedacht, den Inhalt in Tomeis Essen zu schütten, sich dann aber doch dafür entschieden, die Angelegenheit erst einmal mit dem Priester zu besprechen.

»Daran hast du gut getan, mein Kind«, lobte er sie.

Auch er hatte schon seine Zusammenstöße mit dem Zauberheiler gehabt. Damals, als er in Happy Valley angekommen war und seine Absicht verkündet hatte, hier eine Kirche zu errichten, hatte Muti ihm eine Abordnung geschickt, die ihn darüber belehrte, dass im Dorf nur Platz für einen Gott sei, den Gott der Geister nämlich, der sich um alles und jeden kümmerte. Eine Begegnung von Angesicht zu Angesicht hatte Muti abgelehnt, doch geschworen, seine Hyänen auf den Priester zu hetzen und dessen Gott aus Happy Valley zu vertreiben.

Pater Giovanni hatte unverdrossen weitergemacht, seine Kirche gebaut und die Dorfbewohner eingeladen, in die Kirche zu kommen und seinen Gott kennen zu lernen. Ein paar waren gekommen, hatten mit seinem Gott Bekanntschaft geschlossen und waren geblieben. Andere waren gekommen und wieder gegangen, um nie mehr zurückzukehren, weil ihnen das Gotteshaus zu groß und leer erschien. Die Hyänen, mit denen Muti gedroht hatte, hatten den Priester aber nie angefallen.

Er gab Grace den Rat, sich wegen Muti keine Gedanken zu machen. Und mit ihrem Baby sei alles in Ordnung. Sein Zustand sei weder gefährlich noch ansteckend. So etwas geschehe schon mal, wenn ein Kind mit zu wenig Melanin auf die Welt käme. Es gebe jedenfalls keinen Grund, dass sie sich Sorgen machen müsse.

»Bring deinen Sohn her, damit er getauft wird«, sagte er. »Wir werden ihn vor der Hexerei beschützen.«

Grace fiel ein Stein vom Herzen, und erleichtert ging sie wieder nach Hause.

In eben dieser Nacht aber kam es zur ersten von Tomeis Verzweiflungstaten.

11

Das Feuer, das anlässlich des Festes entfacht worden war, erleuchtete den Dorfplatz und warf unheimliche Schatten in die Nacht und auf die umliegenden Häuser.

Die Mitglieder des Hohen Rates saßen, angetan mit ihren besten Festtagskleidern, würdevoll aufgereiht auf einer Seite des Platzes. Vor ihnen stand ein halbes Dutzend Männer, ein jeder von einem Jungen begleitet. Das Alter der Kinder reichte vom Säugling bis zum Achtzehnjährigen. Stumm standen die Jungen vor dem Hohen Rat, wenn ihre Väter, einer nach dem anderen, vortraten, um mit dem zu prahlen, was sie erreicht hatten, mit ihrem Land, ihren Frauen und ihren Kindern. Waren sie mit dem zufrieden, was sie zu Ohren bekamen, gaben die Ältesten ein zustimmendes Nicken von sich. Die Clans jubelten, und der Vater tanzte gemeinsam mit seinem Sohn einen Siegestanz.

Chief Jona saß auf dem Thron der Clans, der obersten und höchsten Position im Hohen Rat. Der Clan, dessen Oberhaupt auf diesem so heiß begehrten Hocker Platz nehmen durfte, bestimmte darüber, wie die Macht geteilt und ausgeübt wurde, welche Rinder auf welchen Weiden zu grasen hatten.

Bevor der große Tomei-Yeke den blutigen Schlachten zwischen den Clans ein Ende bereitete, hatten die Clans immer wieder Krieg gegeneinander geführt, um zu entscheiden, wer auf dem Thron Platz nehmen sollte. Dann hatte der weise Tomei-Yeke neue Gesetze durchgesetzt, die den Thron beinahe schon zu einer erblichen Einrichtung werden ließen. Nur wenn es dem Chief, der den Thron innehatte, nicht vergönnt war, dass sein Sohn ihm einen Enkelsohn schenkte, war der Thron vakant, und jeder Clan konnte sich für die Nachfolge bewerben. In einem solchen Fall sollte der Thron an den Chief desjenigen Clans übergehen, der über das meiste Land und die größte Anhängerschaft verfügte und sowohl einen Erstgeborenen als auch einen erstgeborenen Enkel vorzuweisen hatte. Dieser Fall war jedoch noch nie eingetreten. Tomei-Yekes Clan war schon so lange an der Macht, dass manche andere Clans jede Hoffnung aufgegeben hatten. Doch dann wurden Tomei nur Töchter geboren.

Chief Jona schaute zu, wie sein Sohn Tomei sich dem Rat näherte. Sein Sorgenbündel hatte er in ein großes Tuch gehüllt. Seine Augen verengten sich zu Schlitzen, und die Nasenlöcher weiteten sich.

Tomei sah das und stand wie versteinert. Noch nie hatte er seinen Vater derart verärgert gesehen. Die Zukunft des Clans hing von dem Bündel in seinen Armen ab.

Er begann seinen Sohn auszuwickeln, damit der Rat ihn in Augenschein nehmen konnte. Er wickelte und wickelte, bis das Tuch den ganzen Boden um ihn herum bedeckte. Doch noch immer war kein Baby zu sehen. Der Rat wartete, doch seine Mitglieder wurden immer unruhiger. Er wickelte, bis das Tuch die Umstehenden einhüllte. Der Rat grollte und fragte sich laut, ob sich in Tomeis Tuch überhaupt ein Kind befände.

Tomei wickelte weiter das Tuch ab, warf es in diese Richtung und in jene. Jetzt war auf vielen Gesichtern ein höhnisches Lächeln zu erkennen, und er hörte auch, wie Gelächter aufstieg, so dass er vor Scham fast starb. Er schwitzte vor Angst und wickelte sein Tuch ab, bis er dessen Ende erreicht hatte. Aus der letzten Falte des Tuchs sprang quiekend ein Warzenschweinferkel heraus und rannte quer durch die Menge. Die Versammlung brach in helles Gelächter aus.

Tomei erwachte verstört.

»Was ist los?« fragte Grace, als sie merkte, wie er sich aufsetzte und nach Luft schnappte.

Im Haus war es still, abgesehen vom leisen Knacken der Scheite im Feuer. Grace saß an der Feuerstelle und las in der Bibel. Das Baby hielt sie im Arm.

»Ich habe geträumt«, antwortete er.

Er schwitzte und zitterte.

»Von dem Baby?« fragte sie.

Er nickte. Dann stand er auf und ging nach draußen. Es war wieder einmal Vollmond, und die Hunde bellten im ganzen Tal von Hügel zu Hügel. Sein Hund heulte, und das hatte ihn geweckt.

»Ruhe!«

Der Hund verschwand unter dem Baum und verhielt sich still. Tomei stand im Hof und sog die kühle Nachtluft in vollen Zügen ein.

»Sohn des Jona«, hallten die Worte des lahmen Rates in seinem Kopf. »Du musst selbst wissen, was du zu tun hast, denn ich kann dir nicht mehr helfen.«

Eine Sternschnuppe fiel vom Himmel und verglühte hinter den Hügeln. Der Hund jaulte.

»Ruhe!«, brüllte Tomei ihn an.

Es war eine schaurige, unheilschwangere Nacht.

»Ich weiß es!«, schrie er in die Nacht. »Ich weiß es!«

Grace blickte beunruhigt auf, als er wieder ins Haus kam, nach seiner Machete langte und sich daran begab, sie zu wetzen. Er warf ihr einen kurzen Blick zu. In seinen Augen glänzte eine wahnsinnige Entschlossenheit.

»Ich weiß es!«, sagte er zu ihr. »Ich weiß es!«

»Was weißt du denn?«

»Ich weiß es.«

Das Baby schlief. Sie aber fürchtete sich davor, sich auch wieder schlafen zu legen, weil sie Angst vor dem hatte, was er zu tun gedachte.

Er stand auf und ging an die Tür.

»Ruhe!«, brüllte er zum Hund hinüber.

Der Hund gab leise, winselnde Töne von sich. Tomei kehrte zu seiner Machete zurück, um sie weiter zu schärfen.

»Soll ich beten?«, fragte Grace.

»Beten?« Er blickte hoch. Erschreckt.

»Für dich.«

»Für mich?«

»Für deinen Seelenfrieden.«

»Meinen Seelen…?« Er grunzte vor sich hin und schärfte wieder seine Machete.

Als sie so scharf war, dass sie schärfer nicht mehr werden konnte, erhob er sich und verkündete: »Ich habe eine Entscheidung getroffen.«

»Und welche?«, fragte sie ängstlich.

Keine Antwort. Sie beobachtete ihn. Er erklärte sich nicht weiter, machte aber keine Anstalten, auf sie loszugehen.

»Tomei«, sprach sie ihn an, als die Spannung unerträglich wurde. »Wenn du das denkst, was ich denke, dann musst du mich zuerst umbringen, weil ich dir das Baby nicht überlassen werde, damit du es abschlachten kannst.«

»Ich will dein Baby nicht«, sagte er.

»Was willst du dann?«

»Ich muss ein paar Tage fort«, antwortete er.

Sie wartete ab, ob er noch etwas sagen wollte.

»Es wird eine lange Reise«, erklärte er.

Sie wartete und wartete.

»Eine lange, eine sehr lange Reise.«

Das war alles, was sie über sein Vorhaben erfuhr. Er lehnte seine Machete neben die Tür und fing an zu packen. Er rollte sein Bettzeug zusammen und legte das Bündel neben die Machete. Als er alles eingepackt und neben der Machete gestapelt hatte, was er auf seiner Reise benötigen würde, setzte er sich ans Feuer und brütete vor sich hin.

Grace schloss in der ganzen Nacht kein Auge.

Als der Tag anbrach, beobachtete sie, wie er sein Reisegepäck auf das Fahrrad lud. Sie gab ihm einen Korb mit Essen und Wasser für seine Reise. Sie hatte keine Ahnung, wie lange er fort bleiben wollte, und hatte ihm nur so viel Essen eingepackt, wie er für drei Tage brauchen würde. Einen Tag hin, einen Tag zurück und einen dritten Tag für den Fall, dass er den Weg verlor.

Sie brachte ihm seine gemästeten Hausziegen, weiß die eine, schwarz die andere, und er band sie hinten an seinem Fahrrad fest. Sie war so erleichtert, dass er nach den Ziegen und nicht nach dem Baby verlangte, dass sie ihm die Tiere widerspruchslos überantwortete.

Er hatte kein Wort darüber verloren, wohin er fahren wollte, wie lange er fort sein würde oder ob er überhaupt zurückkommen werde. Als sie ihn davonfahren sah, hatte sie das Gefühl, dass sie ihn vielleicht niemals wiedersehen würde. Die Ziegen trotteten hinter seinem Fahrrad her.

Am Anfang wollten die Ziegen in andere Richtungen laufen als er und verlegten sich auf eine Art Tauziehen mit ihm, bei dem er sich mit seinem Fahrrad in der Mitte befand. Dann probierten sie, beide in dieselbe Richtung zu rennen, und zogen das Fahrrad hinter sich her. Als sie zu guter Letzt einsehen mussten, dass das Fahrrad nicht verschwinden würde und es unmöglich für sie war, sich in die Büsche zu schlagen, verfielen sie resigniert darauf, hinter ihm herzulaufen, denn nur so wurden sie nicht von den Seilen erwürgt, die ihre Hälse mit dem Fahrrad verbanden.

Zu diesem Zeitpunkt hatten sie Happy Valley schon hinter sich gelassen und fuhren über die offene Savanne, in der es keinerlei Pfade oder Hecken mehr gab, mit deren Hilfe man die Richtung bestimmen konnte. Sie befanden sich jetzt im Land der Nomaden, in einem Land, das so riesig war und so anders aussah als ihre eigene Welt, dass die Clans es nur als die *Anderwelt* bezeichneten.

Über die *Anderwelt* waren Geschichten im Umlauf, die einen Menschen zutiefst verunsichern konnten. So erzählten die Leute, dass die *Anderweltler* nackt durch die Gegend liefen und dass dies bei ihnen keine Schande darstellte. Es hieß auch, dass sie es monatelang ohne Essen oder Wasser aushalten konnten und sich nur vom Blut ihres Viehs ernährten. Am häufigsten aber wurde davon gesprochen, dass die *Anderweltler* mit allem Handel trieben.

Als Tomei aber schon den zweiten Tag durch die eigentümliche, fremde Landschaft fuhr, ohne auch nur einem einzigen menschlichen Wesen zu begegnen, begann er ernsthaft daran zu zweifeln, ob er sich wirklich in der *Anderwelt* befand.

Ein Trio streunender Hyänen verfolgte ihn stundenlang und lauerte auf eine Gelegenheit anzugreifen. Immer wieder hielt er sein Fahrrad an und warf Steine nach ihnen, in der Hoffnung, sie so zu vertreiben. Am Spätnachmittag entdeckten die Hyänen ein Zebra mit einem neugeborenen Fohlen und machten Jagd auf diese Tiere. Erst da wagte es Tomei, anzuhalten und eine Pause einzulegen.

Verschwitzt und erschöpft setzte er sich unter einen

Dornenbaum. Die Ziegen fraßen von einem nahen Strauch, und in der offenen Savanne weideten wilde Tiere. Bussarde kreisten im Strom der warmen, aufsteigenden Luft und hielten Ausschau nach allem, was tot war oder bald sterben würde.

Seit dem Morgen war er auf der Suche nach einem Weg, einer Rauchwolke oder irgendetwas anderem, das ihn zu den *Anderweltlern* führen könnte, ziellos umhergefahren. Über Hügel war er geradelt und durch Täler. Und über zahllose Flussbetten. Er hatte im Sand nach Spuren gesucht, aber keine menschlichen Fußabdrücke entdeckt.

Dabei hatte er es sich ganz einfach vorgestellt. Er würde über die Hügel ziehen, die *Anderweltler* finden, sein Geschäft mit ihnen abschließen und vor den ersten Regenfällen wieder in Happy Valley sein. So hatten es andere vor ihm getan. Zumindest hatte man ihn das glauben lassen. Als er aber jetzt so im Schatten lag und beobachtete, wie die Bussarde sich sammelten, wurde ihm die Sinnlosigkeit seiner Suche mehr und mehr bewusst.

12

Das Geräusch scheppernden Metalls und ein Grollen, das wie ein Donner klang, rissen Tomei aus dem Schlaf. Er sprang auf die Beine, weil er dachte, eine Herde Gnus sei an ihm vorbeigerast. Aber er erblickte nur eine Staubwolke, die sich ungewöhnlich schnell wieder verzog und so groß war, dass selbst ein Elefant sie nicht hätte aufwirbeln können. Und für eine Herde bewegte sie sich zu rasch vorwärts. Er rannte an die Stelle, an der die Staubwolke hergezogen war, und war verblüfft von dem, was er dort entdeckte – die Reifenspuren eines Autos.

Man erzählte sich zwar viele seltsame Dinge über die *Anderwelt*, doch war es Tomei noch nie zu Ohren gekommen, dass die *Anderweltler* Autos besäßen.

Als er endlich seine Ziegen eingefangen und an sein Fahrrad gebunden hatte, war der Wagen längst nicht mehr zu sehen. Verzweifelt trat er in die Pedale und radelte entlang der Reifenspuren dem Fahrzeug hinterher, doch die Spuren wurden schnell unsichtbar unter den Staubschichten, die sich darauf absetzten. Es war zwecklos. Das Auto war fort, verschwunden unter Staubteufeln und der Vegetation.

Mit neuem Elan streifte er suchend über die Savanne. Der Gedanke, dass er nicht als Einziger in der *Anderwelt* umherstreunte, machte ihm neuen Mut. Bei Sonnenuntergang hatte er das Fahrzeug noch immer nicht eingeholt. Noch war er auf irgendetwas gestoßen, das ihm eine Vorstellung davon vermittelt hätte, wo er sich befand. Am Abend, als er am Lagerfeuer seine Mahlzeit zu sich nahm, stieg das Gefühl in ihm hoch, er hätte all dies umsonst auf sich genommen.

Als er aufgegessen hatte, breitete er sein Bettzeug am Feuer aus und legte sich zur Ruhe nieder. Um ihn herum pulsierte das nächtliche Leben der Savanne. Nah und fern. Löwen schlichen umher, Nachtvögel riefen von Busch zu Busch, Schakale und Hyänen machten sich über seine Anstrengungen lustig, auf keinen Fall einzuschlafen.

Um sein Lager herum hatte er einen Zaun aus Dornenzweigen errichtet, der die wilden Tiere fern halten sollte. Und er hatte ausreichend Feuerholz für die Nacht gesammelt.

Ab und zu warf er einen brennenden Zweig über den Zaun in die Dunkelheit, um die Hyänen abzuschrecken. Er achtete darauf, dass das Feuer nicht herunterbrannte, und hielt so die Hyänen davon ab, sich in seinen eingefriedeten Bereich vorzuwagen. Allerdings schloss er deswegen die ganze Nacht über kein Auge. Als der Wind einmal die Richtung wechselte, glaubte er, ein Baby schreien zu hören.

Kurz vor Sonnenaufgang gaben die Hyänen Ruhe und machten sich auf die Suche nach weniger widerspenstigen

Opfern. Kurze Zeit später hörte er dumpfe Geräusche aus der Savanne, die nur Augenblicke später vom Lärm der Hyänen abgelöst wurden, die sich um ein Zebra stritten, das sie gerade gerissen hatten.

Darüber schlief Tomei ein. Es war ein kurzer, unruhiger Schlaf, in dem immer wieder Zauberheiler, auf Hyänen reitend, auf ihn zustürmten.

Als er erwachte, war das Lagerfeuer zu einem Haufen Asche verglüht. Die Ziegen knabberten am Dornenzaun. Ihre Angst vor der Dunkelheit hatten sie schon wieder vergessen.

Er brach sein Lager ab und fuhr weiter. Die Spur des Fahrzeugs hatte er endgültig verloren, so dass er wieder ohne klares Ziel vor sich hin radelte. Hoffnung, doch noch auf *Anderweltler* zu treffen, hatte er keine mehr. Er fühlte sich versucht, seine Suche abzubrechen und sich stattdessen zu bemühen, nach Happy Valley zurückzufinden.

Da entdeckte er sie.

Sie lagerten im Schatten eines Dornenbaumes, kauten Dörrfleisch und tranken Milch. Der Mann saß auf einem Hocker, sein Speer steckte in Reichweite im Boden. Die drei schwangeren Frauen hockten auf der Erde, und ihre neun Kinder, ungefähr zwischen ein und elf Jahre alt, kauerten um sie herum. Bündel mit Kleidern, Flaschenkürbissen und Kalebassen lagen überall verstreut, so dass es den Anschein hatte, als hätten sie schon ihr ganzes Leben dort zugebracht. Hoffnung stieg in Tomei auf. Er lehnte sein Fahrrad an den nächsten Dornenbaum und band die Ziegen los.

»Hallo«, grüßte er sie.

»Hallo«, erhielt er zur Antwort.

Der Mann bot ihm etwas Trockenfleisch an. Tomei bedankte sich und kauerte sich hin, um seinen Beinen Erholung zu gönnen.

Er komme von dort her, erzählte er dem Nomaden. Es blieb ihm nichts anderes übrig, als sich mit Gesten verständlich zu machen, denn die Sprache des Nomaden beherrschte er nicht. Das seien seine Ziegen, und er befinde sich auf der Suche.

Er erzählte dem Mann alles. Er sprach von Happy Valley und seinen Bräuchen, über die Tradition, die einen Mann nicht als Mann anerkannte, solange ihm kein Sohn geboren war. Er berichtete von dem Sorgenpack, mit dem seine Frau ihn beladen hatte, und dass dieses jetzt sein Leben zu zerstören drohte.

Der Nomade schnalzte mitfühlend mit der Zunge, sagte aber kein einziges Wort, ehe Tomei nicht mit seinem Bericht am Ende war. Dann redete er.

Er seinerseits komme von da her, zeigte er in eine Richtung. Von den blauen Hügeln mit der weißen Wolke darüber. Doch sei dies nicht im Mindesten eine Wolke, sondern der Rauch eines Feuers. Die Angehörigen seines Clans hätten es entfacht, um ihm den Weg nach Hause zu weisen, wenn die Suche, auf der er sich befand, abgeschlossen wäre. Die Frauen gehörten zu ihm und die Kinder ebenfalls, die fünf Jungen und die vier Mädchen. Er sei auf dem Weg in diese Richtung, hin zu den Hügeln ohne Farbe, und begleite seine Frauen, damit sie dort ihre Geschäfte abwickeln könnten.

Dann kam er zu dem, was Tomei ihm erzählt hatte, und drückte ihm sein Mitgefühl aus. Er entstammte, wie er sagte, selbst einem Volk von Männern und verstand nur zu gut, wie schwer es war, von den anderen nicht als richtiger Mann anerkannt zu werden. Der Schoß einer Frau aber sei wie ein Kaninchenbau, fügte er hinzu. Man wisse zwar, was hineingejagt worden war, doch was daraus hervorkomme, könne niemand vorhersagen. Es könnte ein Hase sein, es könnte aber auch eine giftige Schlange sein. Es könnte eine Hyäne sein oder ein Warzenschwein. Ein Krieger oder eine Hexe. Beim Schoß einer Frau könne man sich niemals sicher sein.

Nachdem er ausgeredet hatte, rief er seine Söhne zu sich und befahl ihnen, sich in einer Linie vor Tomei aufzustellen. Er stellte sie vor, nannte ihre Namen, erzählte von den erstaunlichen Taten der großen Männer, nach denen sie benannt waren und die allesamt Männer mit großem Mut und großen Leistungen gewesen waren, ein paar von ihnen wahre Giganten. Wenn die Zeit reif war, würden die Jungen ebenfalls zu großen Männern heranwachsen, doch Tomei sollte es gestattet sein, sich einen von ihnen auszusuchen, und zwar den, von dem er glaubte, dass er ihm bei seinem Streben, ein richtiger Mann zu werden, eine Hilfe wäre.

»Sie sind alle wunderbare Jungen«, stimmte Tomei dem Nomaden zu, »kräftige und hübsche Jungen.« Er zweifele nicht daran, dass sie eines Tages allesamt große Helden werden würden. Was er jedoch benötige, sei ein Kleinkind, nicht älter als ein Jahr.

Der Nomade brachte sein tiefes Bedauern zum Ausdruck. Diejenigen seiner Kinder, die erst ein Jahr alt waren, waren Mädchen und damit für Tomei wertlos. Wenn Tomei aber noch ein paar Wochen warten würde, dann könnte er zwischen drei weiteren Kindern wählen.

Unglücklicherweise stünden die ersten Regenfälle unmittelbar bevor, und er, Tomei, müsse bis dahin einen Sohn haben. Er dankte dem Nomaden und verabschiedete sich von der Familie. Er wollte schon losfahren, als der elfjährige Junge plötzlich zu sprechen anfing.

Er redete in der Sprache der Nomaden und mit Gesten und erzählte Tomei von einem fremden Mann, dem sie im Busch begegnet waren. Er hatte von ihnen verlangt, dass sie sein Baby aufnähmen, ein dickes Baby mit leuchtenden Augen und vollen Wangen.

»Warum denn?«, fragte Tomei den Jungen.

»Er wollte es nicht.«

»Warum nicht?«

Es hätte so ausgesehen, als sei das Baby dem Mann eine Last gewesen.

»Wo war er her?«

Er sei aus dem Nichts aufgetaucht, plötzlich mitten unter ihnen gewesen und hätte sie mit seinem Auto fast zermalmt. Dann hätte er sich die größte Mühe gegeben, sie dazu zu bewegen, das weinende Baby bei sich aufzunehmen.

»Wie viel wollte er dafür haben?«, fragte Tomei.

»Es sollte umsonst sein«, antwortete der Junge.

»Wie das?«

Wieder hatte der Junge keine Ahnung. Sein Vater habe es abgelehnt, das Baby bei sich aufzunehmen, weil er sehr gut imstande sei, seine eigenen Kinder zu zeugen. Schließlich wussten sie von dem weißen Mann nur noch, dass er mit seinem Wagen Richtung Westen weitergefahren war.

»Ein Weißer?«

»Und eine weiße Frau.«

»Eine Frau?«

»Eine ausgehungertes Wesen mit Haaren wie Stroh und den Augen einer Katze. Und sie hatte fast gar kein Fleisch auf den Knochen.«

Tomei war völlig verwirrt. Die *Anderwelt*, so schien es, wurde zu guter Letzt doch ihrem schrecklichen Ruf gerecht.

Er dankte dem Jungen und fuhr in westlicher Richtung davon. Stunden später, er flickte gerade im Schatten einer ausladenden Schirmakazie einen Reifen, war ihm auf einmal so, als hörte er den Schrei eines Säuglings. Das Geräusch wurde mal lauter, mal ebbte es ab. Schaurig erhob es sich aus der unfruchtbaren Landschaft wie der Rauch aus einem sterbenden Feuer. Tomei achtete nicht weiter auf das Geräusch, bis er den Reifen geflickt hatte. Dann erhob er sich und ließ seinen Blick über das weite Gelände schweifen.

Abgesehen von ein paar Gazellen und Zebras, die ungefähr eine Meile von ihm entfernt grasten, war kein lebendes Wesen in Sicht. Hab mir das wohl nur eingebildet, dachte er bei sich und setzte sich wieder hin. Wenige Augenblicke später vernahm er das Geräusch erneut. Es stieg und fiel mit dem Wind.

Er kletterte auf die Akazie und schaute über die Savanne. Soweit das Auge blicken konnte, war da nichts als Steppe und wilde Tiere. Er drehte sich um und blickte nach Süden. Sein Herz hüpfte vor Hoffnung. Ungefähr eine Meile entfernt stieg Rauch von einem Lagerfeuer auf. Und wenn der Wind sich drehte, trug er den Schrei eines Säuglings zu ihm herüber.

Er benötigte eine halbe Stunde, seine Ziegen einzufangen und sie an das Fahrrad zu binden. Dann radelte er hastig auf das Lagerfeuer zu.

Je näher er kam, desto lauter wurde das Babygeschrei. Ein großes Fahrzeug parkte im Schatten eines Dornenbaumes. Er trat noch schneller in die Pedale. Noch eine gute Viertelmeile war er vom Lagerplatz der Fremden entfernt, als er vernahm, wie der Motor hustend zum Leben erwachte, und mit ansehen musste, wie der Wagen davonfuhr. Noch kräftiger trat er in die Pedale. Die Ziegen rannten hinter ihm her. Das Fahrzeug verschwand mit großer Geschwindigkeit in der Ferne. Als er am Lagerplatz anlangte, war das Motorengeräusch nicht mehr zu hören, und der Wagen war nirgends mehr zu sehen.

13

Als gebrochener und verzweifelter Mann kehrte Tomei nach Happy Valley zurück. Die ersten Regenfälle standen unmittelbar bevor. Jetzt gab es keinen Ausweg mehr. Er musste in den Krieg ziehen.

Tomei streifte seinen Umhang aus Löwenfell über. Er war aus der Haut des Löwen gefertigt, den er mit 16 Jahren ganz allein zur Strecke gebracht hatte. Dann setzte er sich den Straußenfedernschmuck auf den Kopf, nahm Pfeil und Bogen und zog aus, die Familienehre zu retten.

Als er auf den Kirchhof fuhr, lag dieser leer und verlassen da. Er stieg vom Fahrrad und lehnte es gegen das riesige Kreuz, das vor der Kirche stand. Er hatte eigentlich erwartet, dass jemand auf ihn losging, doch der Katechist war nirgends zu sehen, und als er auf das Portal zuschritt, hörte er Gesang aus der Kirche dringen.

Er nahm den Bogen von der Schulter. Mit aller Sorgfalt wählte er einen Pfeil aus seinem Köcher. Er zog den Pfeil heraus, von dem Muti ihm versichert hatte, die Spitze sei in ein Gift getaucht worden und das Gift sei derart stark, dass es ein angreifendes Rhinozeros aufhalten könnte.

Die Luft im Innern der Kirche war schwer vom Rauch aus den Weihrauchfässern. Auf dem Altar und neben den Statuen entlang der Wände brannten Kerzen.

In den ersten Reihen des Gestühls saßen die Jungen. Ihre Stimmen erhoben sich im Gesang. Als Tomei in die Kirche trat, sah der Katechist auf. Mehrere neugierige Augenpaare folgten seinem Blick zum Eingang hin. Dort stand Tomei wie in einem Rahmen. Hinter ihm fiel das Tageslicht, als wäre es eine schauerliche weiße Flut, in gewaltigen Kaskaden in die Kirche.

In der Kirche wurde es still. Tomei setzte den Pfeil auf die Sehne. Seine Augen schweiften suchend durch den ganzen Kirchenraum.

Der Katechist bedeutete den Jungen, weiterzusingen. Er seufzte schwer und schlurfte durch den Mittelgang zum Portal. Je näher er der Erscheinung kam, desto langsamer wurde sein Schritt. Endlich blieb er vor der Gestalt stehen und sah, dass es Tomei war.

»Sei gegrüßt«, sagte er erleichtert.

Tomei suchte die Kirche immer noch mit Blicken ab.

»Du darfst hier keine Waffen mit hereinbringen«, sprach der Katechist ihn an.

»Es ist gar nicht meine Absicht, dein Haus zu betreten«, antwortete Tomei darauf.

Die Vorhänge vor dem Beichtstuhl waren aufgezogen, und er konnte sehen, dass sich niemand darin befand. Als der Katechist ihn sacht aus der Kirche drängen wollte, hob er warnend seinen Bogen.

»Ich habe keinen Streit mit dir, alter Mann«, sagte er. »Aber wenn du dich mir in den Weg stellst ...«

»Pater Giovanni ist nicht da«, erklärte der Katechist. Der Priester sei unterwegs zu einem Krankenbesuch und würde nicht vor Sonnenuntergang zurückkehren.

So lange konnte Tomei nicht warten. Er zögerte und wirkte nicht mehr so bedrohlich. Als der Katechist das sah, fasste er Mut: »Es geht um deinen Sohn, nicht wahr?«

Tomei richtete den Bogen auf ihn.

»Was weißt du über meinen Sohn?«, fuhr er den Katecheten an.

»Nicht mehr, als man sich hier erzählt.«

Er wartete vergebens, dass Tomei fragte, welche Gerüchte denn über das Baby im Umlauf wären. Doch Tomei wusste ganz genau, was die Gerüchte besagten: Sein Sohn wäre gar nicht sein Sohn. Und dass er kein richtiger Mann wäre. Er musste sich das nicht erst von irgendjemandem erzählen lassen.

»Es war nicht Pater Giovanni«, sagte der Katechist jetzt.

»Nein?«

Der Katechist schüttelte den Kopf und warf einen Blick über die Schulter. Dann fasste er Tomei am Ellbogen und führte ihn aus der Kirche.

»Er lag damals im Krankenhaus«, erzählte der Katechist. »Wir hatten eine Aushilfe. Blauäugig, mit heller Haut. Pater Bruno. Erinnerst du dich an Pater Bruno?«

Tomei stöhnte laut auf.

In Happy Valley erinnerten sich alle an Pater Bruno,

weil niemand seinen Namen aussprechen konnte, ohne dabei zu lächeln. In Happy Valley bedeutete Bruno nämlich »ausgelassene Ziege«.

Pater Bruno hatte es in nur sechs Monaten geschafft, dass jeder in Happy Valley ihn kannte. Jedes Haus hatte er besucht und die Bewohner zu einem Besuch in der Kirche zu überreden versucht. Er hatte mit den Kindern Ball gespielt, mit den Frauen auf dem Feld gearbeitet und mit den Männern Honigbier getrunken. Er war – natürlich, ohne dass er eine Einladung erhalten hatte – bei Versammlungen des Clans aufgetaucht und hatte die beschäftigten Ratsherren damit geärgert, dass er ihnen Vorträge über seinen Gott hielt.

Ausgestattet mit einer schier grenzenlosen Energie, war Bruno von Krise zu Krise gezogen und hatte sich bemüht, Probleme zu lösen, die überhaupt keine waren, nur der Ausdruck einer eigenständigen Lebensweise. Im Gegensatz zum alten Pater Giovanni vermochte Bruno sich auch nicht auf die Frauen und Kinder zu beschränken und die Männer ihren männlichen Angelegenheiten überlassen. Im ganzen Tal gab es nicht ein einziges Haus, in das Bruno nicht seinen Fuß gesetzt hatte.

Als Pater Giovanni endlich zurückkehrte und Bruno sich von ihnen verabschiedete, hatten die Ältesten Seufzer der Erleichterung ausgestoßen.

»Es war auch nicht Bruno«, sagte der Katechist.

»Bruno war es auch nicht?«

»Bruno mochte keine Frauen.«

Tomei starrte ihn. Wie konnte es sein, dass Bruno gar keine Frauen mochte, wo er doch so viel Zeit mit ihnen verbrachte? Tomei wusste kaum noch, was er denken sollte.

In der Ferne, im Westen, ballten sich Regenwolken zusammen. Mit jeder vorübergehenden Stunde wurden sie dunkler und schwerer.

»Und wer war es dann?« Er musste die Frage stellen, er konnte nicht anders.

»Mehr weiß ich nicht«, antwortete der Katechist.

Und was bedeutete das jetzt für ihn, fragte sich Tomei. Selbst die wilden Beeren säten sich nicht von selbst aus. Das wusste jeder Dummkopf. Er drehte sich um und ging fort. Hier gab es für ihn nichts mehr zu erledigen. Dann schoss ihm plötzlich ein Gedanke durch den Kopf.

Grace, seine Frau, war sehr religiös. Unaufhörlich hatte sie dafür gebetet, dass sie einen Sohn geschenkt bekäme. Hinter vorgehaltener Hand erzählte man sich sogar, dass sie Mutter Teresa gebeten hätte, sich für sie einzusetzen. War es vielleicht doch nicht völlig unmöglich, dass die Dinge, mit denen Bruno vor dem Rat geprahlt hatte, der Wahrheit entsprachen? Dass der Heilige Geist mächtiger war als die Ahnengeister und eine Frau auch ohne Mann ein Kind bekommen konnte?

»Ich habe mal von so einem Fall gehört«, räumte der Katechist ein. »Auch damals hat es keinen Schuldigen gegeben.«

Er begleitete Tomei zum Fahrrad, verlor aber kein Wort darüber, dass er es an das Kreuz gelehnt hatte.

»Vielleicht kann ich ja helfen?«, erkundigte er sich stattdessen.

»Wie denn?«, fragte Tomei.

»Ich weiß es nicht.«

Tomei schüttelte den Kopf. Nicht einmal Gott konnte ihm jetzt helfen. Er steckte den vergifteten Pfeil zurück in seinen Köcher.

»Was soll ich ihm sagen?«, fragte der Katechist.

»Wem? Gott?«

»Pater Giovanni.«

»Nichts.«

Er stieg auf sein Fahrrad und fuhr davon.

Hier gab nichts es mehr für ihn zu tun. Er konnte nur noch versuchen, die Sache so weit wie möglich in Ordnung zu bringen.

14

In der folgenden Nacht, während Grace ihre Erschöpfung ausschlief, bewaffnete sich Tomei mit seiner Machete, nahm ihr Baby und ging hinaus, um den alten Zauberheiler aufzusuchen.

Es war eine dunkle, eine unheilvolle Nacht. Aus Westen peitschten kalte Winde in das Tal. Sie rüttelten an den Grundmauern und fegten Stroh von den Dächern. In der Ferne grollte der Donner. Blitze zuckten und erleuchteten die Dunkelheit. Über dem Hochland ballten sich unheimliche Wolken zusammen. Die ersten Regenfälle standen zweifellos unmittelbar bevor.

In Mutis Höhle loderte ein mächtiges Feuer und warf absonderliche Schatten an die Wände. Muti beugte sich über Tomeis Baby und schüttelte ungläubig den Kopf. Das, was er da sah, erstaunte ihn über alle Maßen und machte ihm vielleicht sogar ein wenig Angst.

»Sonderbar«, urteilte er über den Säugling.

»Ich habe es dir ja gesagt«, hielt Tomei ihm vor.

»Das ist das Seltsamste, was mir je unter die Augen

gekommen ist.« Muti konnte sich nicht beruhigen. Und auch das ist noch eine ziemliche Untertreibung, dachte er, als er jetzt aufstand und in der Höhle auf und ab ging. Das Kind war nicht nur seltsam, sondern zugleich auch unheimlich. Die Art, wie es Mutis Bewegungen mit seinen merkwürdigen Leopardenaugen folgte, die weder zwinkerten noch erschütterbar schienen, war völlig widernatürlich. Stimmte es, dass der Säugling sprechen konnte? Er blieb stehen, als er diese Frage stellte.

»Sprechen?«

»In einer fremden Sprache.«

Davon war Tomei noch nichts zu Ohren gekommen.

»Kannst du das Baby heilen?« Das war es, was Tomei unbedingt wissen wollte.

Muti trat einen Schritt zurück und legte den Kopf zur Seite, damit er sich das Baby genauer anschauen konnte. Er kratzte sich den Bart und betrachtete das Kind mit wuterfüllten, blutunterlaufenen Augen.

»Heilen?« Er kratzte sich unter der Achsel und spuckte in das Feuer. »Ich kann alles heilen.«

Das Baby lag neben dem Feuer auf dem schwarzweißen Ziegenfell, folgte ihrer Unterredung mit den Augen und beobachtete aufmerksam jede Bewegung des Zauberheilers.

Muti schleppte aus den dunklen Urgründen der Höhle einen Knochensack herbei, zählte die Hühnerknochen ab, zählte die Ziegenknochen ab und warf sie neben dem Kind auf die Erde. Er sang mit tiefer, klagender Stimme, sammelte dann mit der rechten Hand die Knochen auf. Er hielt inne, dachte einen Augenblick nach, ließ die Knochen in die linke Hand gleiten und warf sie ein weiteres Mal auf die Erde.

Aus dem Schatten heraus schauten Tomeis Mastziegen dem Geschehen zu. Im Feuerschein funkelten ihre Augen wie Bernstein und Himmelsblau. Muti studierte die Knochen und kratzte sich erneut verwirrt den Bart.

»Widerstand dem Schwanz des Skorpions«, murmelte er, während er die Knochen sortierte. »Widerstand zudem der Milch des *Guza*. Was für eine Hexerei verbirgt sich dahinter?«

»Ich hab es dir ja gesagt«, bemerkte Tomei.

»Was hast du mir gesagt?«, wetterte Muti. »Feuere die Geister an!«

Während Tomei Holz nachlegte, sammelte Muti seine Knochen ein und verstaute sie wieder im Sack. Er zog einen schaurig aussehenden Flaschenkürbis hervor und schüttelte ihn rasselnd über dem Baby. Es strampelte aufgeregt mit den Beinen. Mutis Gesicht verzog sich zu einem Lächeln. Zu guter Letzt hatte er doch noch das Heilmittel gefunden. Er fuhr damit fort, den Flaschenkürbis über dem Kind hin und her zu schütteln, und befahl dem Geist, aus dem Baby zu fahren. Ansonsten würde er ihn austreiben.

»Ich sehe dich, böser Geist«, sprach er laut. »Ich sehe dich, du Kinderfresser und Feind dieses Clans. Ich sehe dich, du Sensenmann der Freude und Sämann des Kummers. Ich sehe dich ...«

Das Baby hörte auf zu strampeln und schaute ihm wie

gebannt zu. Muti steigerte sich in Verzückung, sprang auf und nieder und schüttelte die Rassel. Tomei wartete und hoffte inbrünstig, dass die Magie dieses Mal half. Doch als Muti schließlich innehielt, um sich den Schweiß von der Stirn zu wischen, lächelte das Baby und langte nach der Rassel.

Muti sprang erstaunt zurück. Mit lautem Grunzen warf er eine Hand voll Kaurimuscheln aus dem Flaschenkürbis in die Asche an der Feuerstelle. Aus einer Muschel lief ein Skorpion heraus und stürzte sich in das Feuer. Er explodierte mit lautem Knall.

Starr vor Schreck sah Tomei zu, wie aus einer anderen Muschel eine kleine Schlange herausschlängelte und sich in die warme Asche am Feuer legte. Muti achtete nicht auf die Schlange. Mit zitternden Händen zählte er seine Muscheln. In der Ferne rollte der Donner, zuckten die Blitze.

Tomei sprang erschrocken zur Seite und warf einen beunruhigten Blick nach hinten in die dunkleren Abgründe der Höhle.

»Achte nicht drauf«, sagte der Zauberheiler. »Die Geister sind heute zornig.«

»Zornig? Warum?«

»Sie haben Hunger.«

Tomei erhob sich, um Holz nachzulegen. Muti befahl ihm, sich wieder zu setzen.

»Wir dürfen sie jetzt nicht gar zu sehr verwöhnen«, erklärte er und warf die Muscheln in ihren Flaschenkürbis zurück. Mit zwei Fingern hob er die Schlange auf und schleuderte sie den Muscheln hinterher.

Er verstaute den Flaschenkürbis in einer rußgeschwärzten Ledertasche, fügte ein paar Knochen und anderen Unrat hinzu und stellte die Tasche am Feuer ab. Aus einem Riss in der Höhlenwand zog er einen gekrümmten Zeremoniendolch und legte ihn ebenfalls neben das Feuer.

»Ich kann es hier nicht heilen«, sagte er endlich. »Ich muss es zum Weinenden Fels bringen.«

»Jetzt?« Tomei fühlte sich mit einem Mal nicht mehr wohl in seiner Haut.

»Wir wollen doch nicht, dass das Böse den Weg zu deinem Haus zurückfindet, oder?«

Der Weinende Fels aber lag mehrere Stunden entfernt auf der anderen Seite der Hügel. Tomei hatte geglaubt, er könnte mit dem Baby wieder zu Hause sein, bevor Grace erwachte.

»Ich kenne eine Abkürzung«, beruhigte ihn Muti. »Aber wir müssen auf der Stelle aufbrechen.«

»Warum jetzt?«, fragte Tomei. »Warum nicht morgen?«

»Hör«, flüsterte Muti. »Höre.«

Sie hörten, wie der Wind draußen die Pflanzenwelt aufwirbelte. Donner grollte über fernen Hügeln, und aus den Tiefen der Höhle war der Schrei einer Eule zu vernehmen.

»Es ist fast schon hier«, flüsterte Muti.

Tomei nahm das Baby und wickelte es wieder in das Tuch. Muti langte nach seinen Utensilien.

Eilig verließen sie die Höhle. Muti lief voran. Er rannte beinahe und rief über die Schulter zurück: »Wir müssen uns beeilen, wir müssen uns beeilen.«

Er schritt aus, als könnten seine Füße im Dunkeln sehen, und folgte einem Pfad, der selbst bei Tageslicht kaum zu finden gewesen wäre. Es sah aus, als glitte er über den Pfad in die Hügel hinein. Wenn Tomei keinen anderen Grund gehabt hätte, den alten Zauberheiler zu fürchten, dies wäre einer gewesen.

»Wir müssen uns beeilen. Wir müssen uns beeilen.«

Tomei hastete hinter ihm her. Als sie den ersten Hügel hinter sich gelassen hatten, war er schon völlig außer Atem.

»Bleib dicht hinter mir«, warnte Muti ihn, als sie das weite Tal durchquerten. »Und schau nicht zurück. Die Nacht hat viele Augen.«

Er lief mehrere Schritte vor Tomei und schleuderte den Schatten seine Verwünschungen entgegen.

»Ich sehe dich, du mit dem Bösen Blick«, schrie er heraus. »Ich werde dich auf dem Bauch kriechen lassen wie einen Wurm.«

Seine Stimme klang Furcht einflößend und tröstlich zugleich.

»Ich sehe dich, hungeräugiger Tod«, brüllte Muti die Finsternis an. »Verschwinde auf der Stelle, sonst zwinge ich dich gar zu leben.«

Tomei folgte der Stimme über ausgetrocknete Flussläufe hinüber auf die andere Seite des Tals.

»Ich sehe dich, Büffel mit den traurigen Augen«, wütete Muti. »Wag dich ja nicht näher heran, sonst verwandele ich dich in einen Esel. Ich sehe dich ...«

Buschland ging in Vulkangestein über, als sie nun begannen, aus dem Tal wieder bergauf zu steigen. Die Geisterstunde war lange vorbei. Blitze zuckten, und der Donner lärmte über den Hügeln. Wie ein aufgeregter Bergpavian sprang Muti von Fels zu Fels. Die Tasche mit seinen Utensilien schlug klappernd gegen seinen Rücken.

»Wir müssen uns beeilen. Wir müssen uns beeilen«, drängte er.

Tomei blieb starr vor Schreck stehen und schaute zurück in die Richtung, aus der sie gekommen waren.

»Warum gehst du nicht weiter?«, fragte Muti.

»Ich habe einen Schrei gehört.«

Sie lauschten und vernahmen ein fernes Grollen, als ginge unten im Tal, das sie durchquert hatten, eine wilde Hatz los. Über dem Getöse und dem Rauschen des Windes hörten sie ein weiteres Geräusch. Das Geräusch, das Tomei dazu gebracht hatte, stehen zu bleiben und zurückzuschauen. Es war nicht lauter als das Flüstern des Windes und griff aus den Tiefen des Abgrunds nach ihnen wie ein Spuk.

»Tomei! Tomei!«

»Da ist nichts.« Muti räusperte sich vernehmlich. »Das sind nur die Geister, die uns einen Streich spielen wollen. Komm.«

Er drehte sich um und hastete weiter bergan, stieg die Felsen hinauf wie ein wendiger Affe.

»Ich sehe dich, Todesauge«, rief er, weiterhin voran eilend. »Halt dich fern von uns, oder ich verwandle dich in einen sich windenden Erdwurm. Ich sehe dich, zornäugiger Geist ...«

Tomei rückte die Machete zurecht, die er an der Hüfte trug, und zog sich mit einem Arm hoch, während er mit dem anderen das Baby an seine Brust drückte. Er war früher schon auf dem Weinenden Fels gewesen, doch nie zuvor des Nachts oder in Begleitung des Zauberheilers.

Der Weinende Fels befand sich auf dem Gipfel des Berges, der von allen in ganz Happy Valley der tückischste war. Immer, wenn die Clans mit Gott oder den Geistern etwas auszufechten hatten, versammelten sie sich am Weinenden Fels. Wenn der Regen ausblieb, eine Hungersnot drohte oder die Fluten ihre Ernte fortspülten, schickten die Clans ihre Abgesandten zum Weinenden Fels. Wenn die Rinder starben oder die Kinder krank wurden, dann sandten die Clans ihre Ältesten zum Weinenden Fels, um mit Gott oder den Geistern oder wer immer für ihren Kummer verantwortlich sein mochte, Frieden zu schließen.

Normalerweise benötigte man mehrere Tage, um eine Zeremonie am Weinenden Fels durchzuführen. Jeder Clan brachte die von ihm geforderte Anzahl Tiere und schickte die Jungen und Mädchen mit, welche die Gabe an Gott oder die Geister begleiten sollten. Die Wanderung zum Weinenden Fels nahm zwei oder drei Tage in Anspruch, da die zur Opferschlachtung ausgesuchten Ziegen und Bullen nicht zum Ort ihrer Opferung getrieben werden durften, sondern aus eigenem Antrieb dorthin gelangen mussten.

Noch niemals hatte Tomei den Weg zum Weinenden Fels in einer solchen Geschwindigkeit bewältigt wie in dieser Nacht. Er kannte auch niemanden, der das je getan hatte.

Das ging ihm durch den Kopf, als er sich nun, Muti folgend, die Felsen hinaufmühte. Und noch vieles mehr.

Schließlich erreichte er den Gipfel und setzte sich nieder um auszuruhen. Was jetzt noch zu tun blieb war, den Jungen zu heilen und ihn vor Sonnenaufgang zu seiner Mutter zurückzubringen.

Muti stellte den Altar auf, zündete Fackeln an und breitete ein Ziegenfell aus. Um den Altar herum verstreute er Asche und magische Objekte.

»Steh auf, steh auf«, drängte er Tomei. »Wir haben keine Zeit zu verlieren.«

Über dem westlichen Hochland zerschnitten Blitze den Himmel, und der Donner grollte wie ein Drachen im Innern seiner finsteren Höhle.

Ein Regentropfen traf Tomei auf die Stirn. Überrascht schaute er in den Himmel. Es war keine Regenwolke zu sehen. Nur dieser eine Tropfen war niedergefallen. Als wollte er ihn daran erinnern, dass sein Schicksal auf dem Spiel stand.

»Mach dir keine Sorgen«, sagte Muti. »Hier kann es gar nicht regnen. Bring das Kind her!«

Tomei legte das Baby auf das Ziegenfell. Muti wühlte singend in seiner Tasche. Plötzlich hielt er inne. Er sah verblüfft aus.

»Seltsam«, sagte er wie zu sich selbst. »Seltsam.«

»Was ist seltsam?«, fragte Tomei.

Muti leerte den Tascheninhalt auf den Boden aus und wühlte suchend zwischen seinen Knochen, seinen Kalebassen und all den anderen Dingen.

»Seltsam«, bemerkte er wieder.

Er kehrte das Innere der Tasche nach außen, schaute hinein, schüttelte die Tasche aus und warf sie zu Boden.

»Die Geister scheinen heute Nacht verrückt zu spielen«, sagte er, völlig verblüfft. »Mein Dolch ist verschwunden.«

»Verschwunden?«

»Ja.« Muti war am Rande der Verzweiflung. »Ich kann ihn nicht finden.«

»Du hast ihn in der Höhle liegen lassen«, sagte Tomei. »Neben dem Feuer.«

»Am Feuer?«

»Wo du ihn hingelegt hast«, erinnerte Tomei ihn, »nachdem du ihn aus der Wand gezogen hast.«

»Warum hast du mir das nicht gesagt?«

»Ich hatte doch keine Ahnung, dass du ihn mitnehmen wolltest.«

Muti warf verzweifelt die Arme hoch und lief vor dem Altar auf und ab.

»Gib mir deine Machete«, sagte er schließlich.

»Meine Machete?«

Ein Mann bat einen anderen nicht um seine Machete. Egal, wie gefährlich die Lage war. Genau wie ein Mann einen anderen auch nicht um seinen Speer bat. So etwas tat man nicht. Nicht in Tomeis Clan.

»Was willst du mit meiner Machete?«, fragte er den Zauberheiler.

»Ich brauche sie, um ...« Muti warf einen Blick zu dem Baby hinüber und senkte die Stimme. »Komm hierher.«

Er fasste Tomei am Ellbogen, zog ihn ein Stück vom Altar weg und ging mit ihm zum Abgrund hinüber, von dem aus man das Tal überblicken konnte. Als sie außer Hörweite des Kindes waren, offenbarte er ihm die Wahrheit.

»Um ihm den Kopf abzuschlagen«, flüsterte er.

»Wem denn bloß?«, fragte Tomei, dem gerade einfiel, dass sie vergessen hatten, die Ziegen mitzunehmen.

Immer noch flüsternd, wies Muti mit dem Daumen über die Schulter: »Dem Baby.«

»Du willst dem Baby den Kopf abschlagen?«

»Nicht so laut.«

Der Wind hatte sich gelegt. Jetzt war es finster und still, Furcht erregend und beunruhigend. Ein paar Schritte von der Stelle entfernt, an der sie standen, öffnete sich eine steile Kluft, die hunderte von Metern bis in den Talgrund abfiel.

»Du willst dem Baby den Kopf abschlagen?«, wiederholte Tomei.

»Warum sonst sind wir hierher gekommen?«

»Und das soll das Baby heilen?«

»Dann gibt es das Böse nicht mehr.«

Tomei hatte schon oft an Zeremonien am Weinenden Fels teilgenommen. Er hatte gesehen, wie die Kranken gesund wurden und die Toten wieder aufstanden und davonschritten. Er hatte sogar erlebt, dass an einem klaren Sonnentag Regen niedergegangen war. Aber noch niemals hatte er gesehen oder gehört, dass jemandem der Kopf abgeschlagen worden war, um ihn von einem Übel zu befreien.

Verwirrt kehrte er zum Altar zurück. Im Gesicht des

Babys suchte er nach Antworten. Er wünschte sich, dass es wenigstens dieses eine Mal sprechen könnte.

»Warum?«, fragte er, »warum konntest du nicht sein wie die anderen?«

Das Baby starrte ihn an. Es war von den Fackeln fasziniert. Und es sagte überhaupt gar nichts. Mit langsamen Schritten ging Tomei zum Zauberheiler zurück.

»Und?«, fragte ihn Muti.

»Was wird mit dem Baby?«, fragte Tomei zurück.

»Es gibt keinen anderen Weg.« Muti zuckte die Achseln.

»Ich muss nachdenken«, sagte Tomei.

»Dann denk nach!« Muti hockte sich hin und schaute zu, wie Tomei nachdachte. »Denk nach, so lange du willst, aber denk auch an die ersten Regenfälle.«

Tomei setzte sich und stützte den Kopf in die Hände.

Über den Hügeln rollte der Donner. Das Baby greinte. Gleich würde es anfangen zu weinen.

15

Krachend barst der Donner über den Hügeln und hallte durch das Tal.

Grace erwachte, weil der Hund bellte. Im Haus war es dunkel und still. Sie lauschte und hörte, wie die brennenden Holzscheite leise im Feuer knackten. In der Ferne rollte der Donner in Wellen heran, bevor er in der Nacht verhallte.

Jäh schreckte sie hoch und schaute sich um.

»Tomei?«

Als sie sich zu Bett begeben hatte, war er noch am Feuer sitzen geblieben und hatte seine Machete geschärft.

»Tomei?«, rief sie ihn erneut.

Sie tastete das Bett neben sich ab, wo sie das Baby schlafen gelegt hatte, und stieß einen fürchterlichen Schrei aus, der das ganze Haus erschütterte.

»Tomei!«

Sie kämpfte sich aus dem Bett, riss die Tür auf und rannte hinaus.

»Tomei!«

Draußen war es dunkel und unheimlich. Ein stürmischer

Wind blies aus allen Richtungen, brauste auf das Gehöft nieder und ließ die Gebäude erzittern. Blitze erleuchteten die fernen Hügel, und der Donner grollte unheilschwanger, als sie über das Gehöft lief und wie von Sinnen seinen Namen rief.

»Tomei!«

Sie eilte in das Haus zurück, um sich einen Schal umzulegen. Dann rannte sie zum Tor.

»Tomei!«

Die Nacht warf das Echo ihrer Verzweiflung zurück.

Blindlings stürzte sie die Straße hinunter, stolperte in der Finsternis und fiel hin und hatte doch nur Angst um ihr Baby.

»Tomei!«

Sie lief quer durch das Dorf, entlang der mit Hecken bewehrten Pfade und dunklen Wege. Hunde jagten hinter ihr her und kehrten kläffend wieder um, wenn Grace sie anschrie.

Schnell hatte sie das Dorf hinter sich gelassen und lief den Weg entlang in die Hügel, hin zu Mutis Höhle.

»Tomei!«

Ein heimlicher Schatten kreuzte ihren Weg und verschwand wieder in der Dunkelheit. Verstohlene Füße tollten über die Felsen und traten eine Kiesellawine los, doch sie fürchtete schon längst nicht mehr um ihr Leben.

»Tomei!«

In den Felsen hinter ihr lachte eine Hyäne. Ein höhnischer Laut. Unverzagt lief sie weiter. Etwas später nahm ein Leopard ihre Spur auf, und die Hyäne, von Todesangst ergriffen, ließ von ihr ab. Der Leopard blieb den ganzen Weg bis hin zu Mutis Höhle in ihrer Nähe. Manchmal war er ihr voraus, manchmal folgte er ihrer Spur.

Als sie bei Mutis Höhle ankam, lag die dunkel und verlassen da. Kaum, dass noch das Feuer unter dem Kessel brannte und seltsame Schatten an die Wände warf.

»Tomei?«

Sie blieb am Eingang stehen, denn sie traute sich nicht weiter hinein, und suchte die Höhle mit den Augen ab.

Dunkel war es. Und grausig. Und es roch nach Bösem. Neben dem Feuer, dort, wo er ihn hingelegt hatte, lag Mutis Zeremoniendolch. Aus dem Schatten drang ein Geraschel zu ihr herüber, ein Schaben wie von kleinen Füßen, und als sie aufsah, erblickte sie zwei Augenpaare, bernsteinfarben und blau, die sie aus dem Zwielicht hinter dem Feuer anstarrten. Sie erkannte die Ziegen, die an Pflöcke in der Höhlenwand angebunden waren, schrie auf und rannte hinaus.

Das Raubtier hatte sich bis auf ein paar Schritte herangeschlichen und lag lauernd vor der Höhle. Es sprang zurück und glitt wieder in den Schatten, als sie herausstürzte und »Tomei!« rief.

Der Leopard wollte sie weiter verfolgen, hielt aber mit einem Mal inne. Sie hatte den Eingang zu Mutis Höhle weit offen gelassen, und der Geruch lebender Ziegen stieg ihm würzig und einladend in die Nase.

Sie rannte durch die Nacht. Der Donner krachte, Blitze zuckten, und der Wind fuhr wie wild durch die Pflanzen.

Als junges Mädchen hatte Grace Opfertiere zum Weinenden Fels begleitet. Man sagte, dass der Weg eines Mädchens zum Erwachsensein mit der Wanderung zum Weinenden Fels seinen Anfang nahm. Dabei war Grace Tomei begegnet, der die Stiere seines Clans begleitete, die am Weinenden Fels geopfert werden sollten.

»Tomei!«

Die Hügel warfen ihr ein Echo zurück.

Sie rannte eine Schlucht hinunter, stolperte und fiel hin, raffte sich auf und hetzte weiter. In der Schlucht war es stockfinster, so dass sie nur ein paar Meter weit sehen konnte. Doch innerlich sah sie klar und hegte keinerlei Zweifel mehr, dass sich etwas Schreckliches ankündigte.

Donner hallte von den Felswänden wider und rollte die Schlucht hinab, begleitet von einem dumpfen Grollen, als käme ein Gewitter näher.

»Tomei!«

Inzwischen war sie außer sich vor Angst.

»Tomei!«

Die Hügel riefen zurück.

Das Tosen in ihren Ohren schwoll an. Mit ihm wehte ein warmer, brausender Wind, der den Lärm steigerte und unheimlich anzuhören war.

Sie blieb stehen, lauschte dem Rumpeln und versuchte das Wesen der Gefahr zu begreifen, in der sie sich in diesem Augenblick befand. Der Boden hob und senkte sich, und es schien, als hätte sich der Donner in ein Erdbeben verwandelt. Sie wurde hochgehoben und in die Luft geworfen, dann landete sie mit lautem Krachen wieder auf dem Boden. Unmittelbar darauf rollte eine Wasserwand über sie hinweg, begrub sie unter Sand und Unrat und den leblosen Dingen, welche die Fluten vom westlichen Hochland herabgespült hatten.

»Tomei!«, schrie sie und rang um Luft.

Sie kam kurz an die Oberfläche, ging sofort wieder unter und schluckte jede Menge Schlamm. Irgendwie bekam sie Boden unter die Füße und strengte sich verzweifelt an, aus dem Flussbett zu kriechen. Doch die Strömung packte sie an den Knöcheln, riss sie von den Beinen und zog sie flussabwärts. Sie schrie um Hilfe.

»Tomei!«

Sie kämpfte, trat, schlug um sich und griff nach allem, was in ihre Reichweite geriet. Sie würde nicht sterben, schrie sie, sie konnte jetzt nicht sterben, nicht, solange sie nicht ihr Baby gefunden hatte.

Im Finstern streckte sie die Arme aus und langte nach allem, was vorbeigeschwemmt wurde: Holzstämme, Büsche und ertrunkene Tiere. Sie gab nicht auf und bekam schließlich einen Busch zu fassen, der nicht irgendwohin fortgespült wurde. Sie klammerte sich an ihn, und so gelang es ihr, sich aus dem Flussbett herauszuziehen.

Wütend schnappten die Fluten nach ihren Füßen, als sie endlich auf dem Ufer lag, hustete, sich erbrach und das Wasser von sich gab, das sie verschluckt hatte. Dunkle Wolken jagten drohend über ihr dahin, gepeinigt von den Winden und vom Schicksal, doch nicht ein einziger Tropfen vermochte sich aus ihnen zu lösen. Einen Augenblick lang blieb sie liegen, um wieder zu Kräften zu kommen und ihre Gedanken zu sammeln. Suchend blickte sie sich um, um herauszufinden, aus welcher Richtung sie gekommen war, auf welcher Seite der Schlucht sie angespült worden war. Dann sah sie das ferne Flackern einer Fackel auf dem Berg über sich und wusste, dass sie sich auf der richtigen Seite befand.

»Tomei!«

Sie rappelte sich auf und kletterte den Berg hinauf, zog ihren geschundenen Körper die Felsen hoch, nur im Schein der Sterne.

»Tomei!«

Ihre Hände und Füße waren zerschrammt und bluteten, ihre Kleider hingen in Fetzen an ihr herunter. In der Nähe schrie eine Eule. Das jagte ihr Angst ein.

»Tomei!«

Sie zog sich bergan, streckte den Arm aus, hielt sich fest, stemmte sich hoch, einen Felsen nach dem anderen. Ihr war, als hörte sie von oben Stimmen. Die Fackeln, die oben auf dem Berg flackerten, gaben ihr Kraft, und mit neuer Entschlossenheit zog sie sich bergauf.

16

Als das erste Licht des Tages über den Rand der Erde kroch und die Felsspitzen beschien, öffnete sich die Schlucht zu Tomeis Füßen in einem dunklen Gähnen, so tief und schrecklich, dass es Tomei völlig durcheinander brachte.

Muti saß ein paar Schritte hinter ihm. Er hockte da wie ein Bussard und wartete darauf, dass er seine Entscheidung traf.

Mit einem abscheulichen Rascheln, das sich anhörte, als würde es von Federn verursacht, erhob sich Muti und lief auf dem Berggipfel auf und ab. Ab und zu blieb er stehen und warf einen feindseligen Blick in Tomeis Richtung.

»Denke nach!«, bedrängte er ihn. »Denk daran, wie viele große Söhne dir die Geister im Austausch für diesen einen kleinen bösen Sohn schenken werden. Denke nach!«

Tomei dachte nach.

»Tausend Söhne«, wollte Muti ihm weismachen. »Eintausend für einen. Denke darüber nach!«

Tomei dachte nach. Er wollte nicht eintausend Söhne haben. Er wollte nicht mehr als einen einzigen Sohn, den die

Clans annehmbar finden würden. Nur einen einzigen Sohn! War das etwa zu viel verlangt von den Geistern?

Entschlossen ging er zu Muti zurück.

»Ich habe mich entschieden.«

Er reichte ihm seine Machete.

Muti packte sie und wandte sich dem Felsen zu. Es war eine bekannte Tatsache, dass ein Heiler das Zerstörerische vernichten musste, wenn er das Lebenswerte heilen wollte. Und obwohl bislang noch kein Todesfall mit Mutis Person in Verbindung gebracht werden konnte, waren doch viele zu ihm gegangen und hatten seine Hilfe bei der Lösung von Problemen erbeten, die nur dadurch aus der Welt geschafft werden konnten, dass ihre Feinde den Tod fanden.

Tomeis Baby hatte genügend Menschen in Happy Valley ausreichend Kummer bereitet, um als Bedrohung für das ganze Volk angesehen zu werden.

Tomei schaute zu, wie Muti sich auf das Opfer vorbereitete.

»Geister unserer Vorfahren«, betete Muti, »nehmt dieses Lamm, unschuldig und rein ...«

Muti hatte schon viele Opferzeremonien am Weinenden Fels durchgeführt, doch brachte er zum ersten Mal ein Opfer dieser Art dar. Es würde ihn auf die nächste Stufe erheben, hin zu einer vollständigen Vereinigung mit den Geistern. Von diesem Tage an würden die Geister sich vor ihm verneigen und ihn als ihren Herrn anerkennen. Sie würden seine Befehle befolgen und ihm jeden Wunsch erfüllen. Und wenn Old Noah Vorsitzender des Hohen Rates wurde, dann würde er sein Ratgeber werden. Dadurch wäre er der mächtigste Mann in Happy Valley.

»Nehmt dieses Lamm, Geister unserer Vorfahren«, betete er laut. »Nehmt dieses willfährige Lamm und ... was ist?«

Tomeis Hand legte sich plötzlich auf die Hand, in der Muti die Machete hielt. Genau in dem Augenblick, in dem er dem Baby den entscheidenden Hieb versetzen wollte.

»Willfähriges Lamm«, erinnerte er Muti.

»Lass los, lass los!« Muti wollte um keinen Preis nachgeben.

»Das Lamm muss von allein hierher kommen«, erklärte ihm Tomei.

Die Opferlämmer mussten vom Dorf hierher ziehen, das Tal durchqueren, die Hügel hinan laufen, in ihrem eigenen Tempo und aus eigenem Antrieb. Andernfalls war die ganze Zeremonie ungültig und reine Zeitverschwendung.

Muti aber hatte sich bereits zu weit vorgewagt, als dass er sich jetzt noch aufhalten lassen wollte. Er hielt die Machete fest und schrie: »Lass los, lass los! Es ist zu spät! Lass los!«

Sie kämpften miteinander um die Machete.

»Wir können jetzt nicht mehr aufhören«, blieb Muti beharrlich. »Wir müssen weitermachen, wir müssen es zu Ende bringen.«

Tomei kämpfte weiter darum, ihm die Machete aus der Hand zu ringen. Muti drohte, Tomei mit einer unheilbaren Krankheit zu schlagen. Schließlich gelang es Tomei, Muti die Machete aus den Händen zu reißen, und er steckte sie in die Scheide zurück. Eilig suchte Muti nach einem scharfen

Gegenstand, mit dem er die Zeremonie vollenden konnte. Als er schließlich einen scharfkantigen Stein gefunden hatte, saß Tomei am Rande des Felsens und hielt das Baby sicher im Arm.

»Ihr werdet alle sterben«, drohte Muti.

Unheilschwer krachte der Donner über ihren Köpfen, ein rollendes Grollen, das anscheinend für immer anhalten wollte.

Muti begann, seine Utensilien einzupacken. Er warf die Knochen, die Flaschenkürbisse und die Kaurimuscheln zurück in seine Tasche.

»Ich überlasse dich den Geistern«, sagte er mit finsterer, übelgelaunter Stimme. »Du wirst schon sehen, was die Geister mit dir anstellen werden. Du ...«

Er jaulte auf und duckte sich, weil ein Blitz auf den Berg herunterfuhr und Schockwellen über den Gipfel zuckten.

»Da siehst du es«, sagte er und packte fieberhaft seine Sachen zusammen. »Was habe ich dir gesagt?«

Dann sprang er mit einem entsetzten Keuchen hoch. Vor ihm oben auf dem Gipfel tauchte eine Geistererscheinung auf. Sie ging mit einer Furcht einflößenden, fließenden Bewegung auf ihn los. Vor Schreck bedeckte er den Kopf mit den Händen. Die Geistererscheinung packte ihn mit aller Gewalt und schüttelte ihn rüde.

»Mein Baby«, rief die Gestalt in höchster Ungeduld. »Was hast du meinem Baby angetan?«

»Frag den da!« Muti zeigte dahin, wo Tomei mit dem Rücken zu ihnen saß. »Frag den Mann da!«

Grace ließ ihn los und eilte hinüber zu Tomei, der den Oberkörper sanft wiegte und das Baby schützend im Arm hielt. Er blickte auf, als sie sich neben ihn setzte und ihm den Säugling aus dem Arm nahm.

»Ihr werdet schon sehen«, drohte Muti. Er empfand Erleichterung darüber, dass die Erscheinung kein Geist war. »Ihr werdet schon sehen.«

Donner grollte, und als er verklungen war, hörte Grace das Tosen des Flusses, in dem sie beinahe ertrunken war.

»Kommt später nicht an und sagt, ich hätte euch nicht gewarnt«, fuhr Muti fort. »Wenn die Sorgen all eure Träume und Hoffnungen verschlingen, dann kommt nicht an und behauptet, ich hätte euch nicht gewarnt.«

Sie achteten nicht auf ihn.

»Ihr wisst, wo ihr mich finden könnt.« Muti warf den letzten Knochen in seine Tasche und erhob sich. »Wenn eure Kinder alle grün werden wie Wasserschlangen.«

Er lud sich die klappernde Tasche auf die Schulter. Sie hatten ihm den Rücken zugekehrt. Grace hielt das Baby. Tomei hatte den Arm um sie beide gelegt.

»Zwei Bullen«, ließ Muti sich noch einmal vernehmen, »einen schwarzen und einen weißen. Darunter mach ich es nicht.«

Tomei drehte sich um und schaute ihm hinterher, als er jetzt davonging. Die Knochen klapperten in seiner Tasche, und er sah, wie der Zauberheiler scheinbar im Boden versank, bis er nur noch den Hyänenkopfputz über dem Rand des Gipfelplateaus ausmachen konnte. Dann verschwand auch dieser hinter dem Rand, und von Muti war nichts mehr zu sehen.

Endlich ging die Sonne auf.

17

Taufsonntag.

Die Kirche war bis zum letzten Platz gefüllt, sodass sich die Gemeinde auch noch auf dem Kirchenvorplatz zusammendrängte. Die Täuflinge standen in zwei Reihen um den Altar. Sie waren weiß gekleidet und hielten weiße Kerzen in den Händen.

Pater Giovanni war so erstaunt, dass er seinen Blick immer wieder über die Gemeinde schweifen ließ und den Kopf schüttelte. Heiß war es und stickig. Von Zeit zu Zeit musste er innehalten und sich den Schweiß von Stirn und Brille wischen.

»Auf welchen Namen sollen wir ihn taufen?«, fragte er die Eltern des Taufkindes, das jetzt an der Reihe war.

»John«, antworteten die Eltern aufgeregt.

»Batista?«

»Batista.«

»Ich taufe dich John Batista. Im Namen des Vaters und des Sohnes und des Heiligen Geistes.«

»Amen«, antwortete die Gemeinde.

Ganz hinten in der Kirche stand Chief Jona und beobachtete gespannt das Geschehen. Er war noch nie zuvor in der Kirche gewesen. Und es war auch ziemlich unwahrscheinlich, dass er sie in naher Zukunft ein weiteres Mal betreten würde. Dunkel war es hier und stickig, wie in der Höhle eines Zauberheilers, und er verstand nicht das Mindeste von dem, was hier vor sich ging. Überhaupt nahm offensichtlich niemand seine Anwesenheit zur Kenntnis, geschweige denn, dass sich jemand darüber Gedanken machte. Sein Fliegenschläger regte ihn auf, weil er Fliegen verscheuchte, die es gar nicht gab. Und er war wütend auf seinen Hockerträger, weil der darauf bestand, dass er sich auf seinen tragbaren Thron setzte. Er sei nicht hergekommen, um es sich hier bequem zu machen, teilte er ihnen mit. Er müsse noch viele Bullen kastrieren und würde sie beide mit auf die Liste setzen, wenn sie nicht aufhörten, ihn zu belästigen.

Im Gegensatz zu anderen, die heute zum ersten Mal und nur aus dem Grund in die Kirche geströmt waren, weil sie miterleben wollten, wie Tomeis Baby explodierte, wenn der Priester es mit Weihwasser besprenkelte, wie man sich reihum erzählte, war der Chief nicht deswegen hergekommen. Noch wollte er Zeuge werden, wie das Baby sich in eine Fledermaus verwandelte. Er war gekommen, um bestätigt zu sehen, was inzwischen zu allgemeiner Kenntnis gelangt war: dass nämlich Tomeis Sohn dem alten Priester, der diesem seltsamen Ritual vorstand, ziemlich ähnlich sah. Die besondere Beziehung zwischen den beiden würde in dem Augenblick offenbar werden, in dem der Priester das Kind zu Gesicht bekam. Nicht einmal die Hyäne kann die eigenen Nachkommen ansehen, ohne dass ein weicher Ausdruck in ihre Augen tritt.

»Auf welchen Namen sollen wir euer Kind taufen?«, fuhr Pater Giovanni fort. Er war sich der Gegenwart des Chiefs nicht bewusst.

»John«, antworteten die Eltern.

»Batista?«

»Batista.«

Es war das Jahr von John Batista. Das Jahr davor war Simon Peters Jahr gewesen. Und das davor das Jahr von John Paul. Als er einmal nachgefragt hatte, warum sie nur einen Namen aus einem ganzen Buch voller schöner und bedeutungsträchtiger Namen wählten, hatten sie ihn nur verwundert angesehen.

»Warum nicht?«, hatte der Kirchenrat gefragt, als er ihn unterbrochen hatte, um seine alberne Frage zu stellen. »Was ist denn falsch daran, Jungen auf den Namen John Paul zu taufen?« Es sei ein Übergangsritus, hatte der alte Katechet ihm zu erklären versucht, ähnlich der Beschneidung oder einer Blutsbrüderschaft oder einer Wanderung zum Weinenden Fels. Jungen, die gemeinsam getauft worden waren, seien durch ihre gemeinsame Erfahrung miteinander verbunden, ungeachtet ihres jeweiligen Altersunterschieds. Mädchen waren von dieser Regelung ausgeschlossen, denn schließlich würden sie ihren Taufnamen ja wieder abgeben, um Mama John Batista, Mama John Paul und Mama Julius Caesar zu werden.

»Und auf welchen Namen soll dieses Kind getauft werden?«

»John.«

»Batista?«

»Batista.«

Die Menge draußen in der Mittagssonne wurde langsam unruhig. Jene, die den Jungen mit den Katzenaugen schon gesehen hatten, versicherten den Übrigen, dass er zweifelsfrei ein Produkt von Hexerei und Zauberei sei. Sie fieberten dem Augenblick entgegen, wenn der Priester versuchte, ihn zu taufen, und konnten kaum erwarten, was dann passieren würde.

Nun aber begab sich etwas zutiefst Ungewöhnliches. Ein großer Wagen, schlammverkrustet und mit Campingausrüstung beladen, kam die Straße herunter und fuhr durch das Tor auf den Kirchhof, wo er schließlich inmitten der Menge anhielt. Die Leute gafften.

Dann, o Wunder aller Wunder, wurde klar, dass eine Frau, und nicht mal eine besonders kräftige, das riesige Gefährt lenkte. Sie nämlich stieg auf der Fahrerseite aus. Ein ausgehungertes Wesen mit Haaren wie Stroh und kaum Fleisch auf den Knochen. Ein Mann folgte ihr. Er trug ein Baby auf dem Arm.

Die Menge machte Platz, als der Mann sich seinen Weg durch die Menschenmassen zur Kirchentür bahnte. Die Gemeinde in der Kirche spürte die Ankunft der Fremden und drehte sich geschlossen um. Nur Pater Giovanni, der langsam die Geduld verlor, bemerkte nichts davon, dass

Fremde sich ihren Weg den überfüllten Mittelgang herauf bahnten.

»Auf welchen Namen sollen wir das Kind taufen?«

»John«, antwortete Toma Tomei ohne Zögern.

»Moses«, sagte seine Frau.

Sie hatte sich für den Namen entschieden, als sie auf ihrem Heimweg vom Weinenden Fels die überflutete Schlucht durchquert hatten. Zweimal wären sie beinahe von den Fluten fortgespült worden, als sie auf die andere Seite hinüberwateten, bis zum Hals im Wasser. Nur Tomeis Entschlossenheit hatte sie vor dem Ertrinken bewahrt. Er hatte das Baby sicher über Wasser gehalten.

Jetzt schaute Pater Giovanni von Grace zu Tomei und wartete darauf, dass sie sich entschieden. Tomei sah seine Frau an und zuckte die Achseln.

»John Moses«, schlug Pater Giovanni vor.

»Just Moses«, sagte Grace.

»Moses Justus?«

»Nein, Pater, einfach nur Moses.«

»Einfach nur Moses?«

»Gift.«

»Gift?« Der Priester verlor nun wirklich die Geduld.

»John Moses Gift«, sagte Tomei.

Pater Giovanni musste erst einmal tief durchatmen.

»Ich taufe dich ...«, begann er.

Aus Angst vor dem bösen Blick hatte Grace das Kind ganz in ein weißes Umschlagtuch gehüllt. Während der Priester darauf wartete, dass das Gesicht des Kindes enthüllt wurde, damit er ihn taufen und die Taufe dann verkünden könnte, schaute er verstohlen auf die Uhr. Er lag hinter seinem Zeitplan zurück, hatte noch eine Messe zu feiern und ... was machten überhaupt all die fremden Menschen hier?

Er drehte sich um und blickte Tomeis Baby ins Angesicht.

»Was zum Teufel ist das?«, fragte er, wobei er sich bemühte, ruhig zu bleiben.

Seine Hand blieb über dem Kopf des Babys in der Luft hängen. Er starrte das Kind an, bis ihm der Schweiß in die Augen biss. Er zog ein Taschentuch hervor, wischte sich den Schweiß von Stirn und Augen und schaute noch einmal hin. Aus einem runden, weißen Gesicht starrten ihn unverwandt zwei grüne Augen an.

Nur unter Schwierigkeiten gelang es ihm, seine Stimme zu senken, und er fragte die verblüfften Eltern: »Wessen Kind ist das?«

»Unseres«, antwortete Tomei.

Der Priester schaute vom Kind zu den Eltern, sah wieder das Kind an und nochmals die Eltern.

»Wo habt ihr das denn her?«, fragte er sie.

»Wo wir das herhaben?«, fragte Tomei verwirrt zurück.

Als ihm zu Ohren gekommen war, dass Tomeis Frau ein weißes Kind geboren hatte, hatte der Priester angenommen, es wäre ein Albino. Was er hier aber anschaute, war alles andere als ein Albino.

»Das ist nicht euer Kind«, sagte er, an Tomei gewandt und so sanft er nur konnte.

Tomei warf einen Blick zu seiner Frau hinüber, als wollte er sagen: »Das habe ich dir doch gleich gesagt.«

»Es ist mein Baby«, blieb Grace fest.

Jetzt flüsterten sie angestrengt miteinander, und fast die ganze Gemeinde hatte sich von den Plätzen erhoben und die Ohren gespitzt, um nur ja etwas zu mitzubekommen.

»Frau«, flüsterte Pater Giovanni. »Wo, um alles in der Welt, hast du das Kind her?«

»Ich habe es Euch doch gesagt, Pater«, erwiderte Grace. »Es ist Tomeis Baby, auch wenn er jetzt etwas anderes behauptet.«

»Das wäre ein ausgesprochenes Wunder.« Pater Giovanni flüsterte nicht mehr.

»Mit Gott sind alle ...«

»Komm mir nicht damit«, bellte er sie an. »Wartet in meinem Büro auf mich. Alle beide.«

Die Gemeinde setzte sich wieder und hörte zu. Sie platzten sämtlich vor Neugier. Das plötzliche Erscheinen der fremden Weißen steigerte die Spannung ins Unerträgliche. Die Gemeinde sah, wie sich die Fremden ihren Weg den Mittelgang hinaufbahnten. Der Mann trug ein Baby auf dem Arm.

Pater Giovanni bemerkte die Fremden erst, als sie unmittelbar vor dem Altar angelangt waren und versuchten, bis zu ihm vorzudringen. Der Mann war unrasiert, und seine Stiefel waren schlammverschmiert. Die Frau war dünn, trug ein eng anliegendes Safarikostüm und lächelte auf verwirrende Weise gedankenverloren.

»Wer sind Sie?«, verlangte Pater Giovanni zu wissen. »Warum kommen Sie zu spät in meine Kirche?«

Er konnte sich nicht erinnern, die beiden schon einmal gesehen zu haben. Und er war sich ganz sicher, dass noch niemals ein weißes Kind in seiner Kirche getauft worden war.

»Ich heiße Ruben«, sagte der Mann. »Meine Frau heißt Kimberley.«

»Kenne ich Ihre Namen?«

»Nein«, antwortete Ruben, »aber ich kann alles erklären.«

»Ich will keine Erklärungen«, wehrte Pater Giovanni ab.

Er lag in der Zeit zurück, und die Sache mit Tomei hatte sein ganzes Programm durcheinander gebracht. Und ihn selbst fast um den Verstand.

»Auf welchen Namen sollen wir das Kind taufen?«, fragte er sie.

»Taufen?«

»Ihr Kind, auf welchen Namen sollten wir es taufen?«

»Nein, Pater, wir sind nicht wegen ...«

Pater Giovanni war nicht in der Stimmung für lange Geschichten. Er nahm die Brille ab und wischte sie am Ärmel sauber.

»Mädchen oder Junge?«, fragte er.

»Pater«, setzte Ruben an, »wir sind nur hier, weil ...«

»Mädchen«, sagte die Frau.

Sie hatte eine feste, entschiedene Stimme. Ganz anders

als ihr Mann, und ganz im Gegensatz zu ihrer zerbrechlichen Erscheinung war augenscheinlich sie es, die bei den beiden den Ton angab.

Pater Giovanni hielt inne und schaute sie an.

»Hi.« Sie bot ihm ihre ausgestreckte Hand. »Ich bin die Mutter des Kindes. Ich suche Grace Tomei.«

Der Priester hielt die Bibel in der einen Hand, seine Brille in der anderen und starrte sie einfach nur an. Auch der Mann starrte seine Frau an, und sie klopfte ihm beschwichtigend auf den Arm.

»Grace Tomei?« Der Priester war völlig überrascht.

»Noah hat gesagt, wir würden sie hier finden«, erklärte sie.

»Noah?«, fragte er verwirrt nach. »Woher kennen Sie Old Noah?«

»Wir haben ihn gerade erst kennen gelernt«, antwortete der Mann. »Auf unserer Suche nach Grace.«

»Und woher kennen Sie Grace Tomei?«, fragte er sie.

»Wir kennen sie nicht«, erwiderte der Mann.

Die Frau berührte seinen Arm, als wollte sie sagen: »Überlass das mir.«

Pater Giovanni schaute erst die Frau an, dann den Mann und zu guter Letzt das Bündel, das er im Arm hielt.

»Ein Junge also«, sagte er schließlich überwältigt. »In diesem Falle taufe ich ihn …«

»Amen!«, donnerte die Menge, die das Verfahren beschleunigt sehen wollte, damit man sich wieder Tomeis Baby zuwenden konnte.

Die Fremden sahen den Priester belustigt an. Es war offensichtlich, dass er nichts von dem verstanden hatte, was sie ihm begreiflich machen wollten. Und es sah so aus, als habe er auch nicht die Absicht. Der Mann, Ruben, hob an, die Sachlage zu erklären, doch die Frau brachte ihn zum Schweigen.

»John oder Joan, wo ist da der Unterschied«, sagte sie zu ihm.

Die Hand des alten Priesters schwebte schon in der Luft, um das Kind zu segnen, als sein Blick endlich auf ihr Baby fiel.

»Was!«

Sein verblüffter Ausruf sprengte die Mauern der Kirche und hallte durch das ganze Dorf. Mit einem Mal lief er rot an, röter noch als eine Monitoreidechse, und seine Hände begannen unkontrollierbar zu zittern.

»Im Namen aller Heiligen, was ist das?«, rief er.

»Das ist eine lange Geschichte«, sagte der Mann mit Namen Ruben.

Der Priester stand kurz vor einem Tobsuchtsanfall. Auch seine Stimme zitterte.

»Kommt mit mir!«, befahl er.

Der Tag war unwiederbringlich ruiniert. Er machte auf dem Absatz kehrt und stürmte in die Sakristei. Die Fremden folgten ihm auf dem Fuße.

Die Gemeinde wusste nicht, was sie von alledem halten sollte. Chief Jona, der schließlich hinnahm, dass die kirchliche Angelegenheit länger dauern würde als angenommen, gab seinem Fliegenwedler das Zeichen, ihm den Weg zur Sakristei freizumachen.

Pater Giovanni war auf einem Stuhl zusammengesunken. Er sah älter und trauriger aus, als irgendwer ihn je gesehen hatte.

»Im Kreißsaal war es stockfinster«, erklärte ihm Ruben. »Die Betten waren belegt, und wir mussten nach Nairobi ins Krankenhaus. Es war einfach eine unglückliche Verwechslung, das ist alles.«

Seine Frau drückte ihr Baby an sich, küsste es wieder und wieder. Grace war vor Freude ganz außer sich. Tomei lächelte breit, während er zuhörte, wie Ruben erzählte, wie alles angefangen hatte. Alle, außer dem Priester, waren unübersehbar glücklich.

»Ein unglückliches Missverständnis«, sagte Ruben zu ihm.

Sie hätten erst am nächsten Morgen gemerkt, dass sie das falsche Baby mitgenommen hatten. Zu diesem Zeitpunkt hatten sie sich bereits hoffnungslos in der Savanne verfahren und die Grenze zu Tansania passiert, wo man sie prompt eingesperrt und des Kinderhandels angeklagt hatte. Kimberleys Tasche und die Straßenkarte hatten sie im Buschkrankenhaus vergessen und konnten deshalb ihre Unschuld nicht beweisen. Sie hatten aus der Haft fliehen und den Weg zurück nach Happy Valley suchen müssen.

18

Chief Jona rief ein dreitägiges Fest aus und spendete drei fette Stiere, die für das Festmahl geschlachtet werden sollten. Die beiden Fremden bedachte er mit zwei Milchziegen, von denen die eine weiß, die andere schwarz war, und schenkte ihnen obendrein einen Stier.

Der Clan versammelte sich in Tomeis Gehöft, und alle brachten dem Enkelsohn ihres Chiefs Geschenke mit. Nun, da das Geheimnis um den Jungen mit den Katzenaugen geklärt war und Tomei Anspruch auf einen Sitz im Hohen Rat hatte, wollte jeder mit ihm befreundet sein.

Wer hingegen gehofft hatte, dass Tomei niemals einen Sohn zeugen würde, schlich enttäuscht davon. Man hörte nur noch, dass diese Leute klagten und jammerten und sich weigerten, die Wirklichkeit so hinzunehmen, wie sie nun einmal war. Manche, so war zu vernehmen, sollten sogar in Betracht gezogen haben, die weißhäutigen Fremden zu verhaften, die ihre Pläne derart schändlich durchkreuzt hatten, und sie so lange zu foltern, bis sie ihre Mitwirkung in Tomeis Komplott, ihren Clans den Anspruch auf die Führung streitig zu machen, eingestanden hätten.

Zu guter Letzt bekam auch Chief Jona Wind davon und bereitete dem ganzen Spuk ein schnelles Ende, indem er ihnen drohte, sie alle zu entmannen, wenn sie nicht aufhörten zu jammern und zu klagen wie alte Hexen.

Seine Frau schenkte Grace und ihrer Besucherin zwei vollkommen gleich aussehende Babykörbe, und ihr Anhang paradierte an den Körben vorbei und legte seine Geschenke ab. Abgesehen von Grace und ihrer Schwiegermutter schien niemand über das Geschlecht des Babys Bescheid zu wissen oder sich darüber Gedanken zu machen.

Die alte Frau hatte Grace beiseite genommen und ihr das Versprechen abverlangt, vorerst Stillschweigen darüber zu bewahren. Sollten die Männer ihr Fest genießen, schlug sie vor, sollte der Clan seinen Jubel haben. Sie selbst wollte dem Chief und dem Hohen Rat die Nachricht überbringen, wenn die Zeit dafür reif wäre. Ihr Sohn Tomei aber würde zu diesem Zeitpunkt schon dem Hohen Rat angehören. Und wenn sie sich dann beklagten, dann sollten der Chief und der Hohe Rat ihr erst einmal glaubwürdig erklären, wieso die bloße Tatsache, dass einer ein Mann war, ein besseres Oberhaupt aus ihm machte, als eine Frau es sein konnte.

Grace überließ die Körbe und die Babys Tabithas Obhut und nahm Kimberley auf einen Rundgang über ihre Farm mit, zeigte ihr stolz ihre Bananen, den Yams und das Zuckerrohr. Ihre Männer machten in der Zwischenzeit das Fahrzeug abreisebereit.

Ruben wollte so schnell wie möglich fort. Er musste nach Nairobi zurück und dann weiter an einen Ort namens

Chalbi, an dem Arbeit auf ihn wartete. Tomei bot ihm an, die Reifen zu flicken.

Während er arbeitete, erzählte Tomei Ruben von den Schwierigkeiten, die ihm sein Baby bereitet hatte.

»Ausgelacht haben sie mich«, sagte er, als er das Fahrzeug aufbockte. »Sie haben geglaubt, Pater Giovanni wäre dafür verantwortlich.

Ruben beugte sich über seine Landkarte und hörte gar nicht richtig zu. Das war aber auch nicht so wichtig, denn einiges von dem, was Tomei zu erzählen hatte, war nur schwer auszusprechen. Dennoch musste es gesagt werden, Ruben war schließlich sein Gast, und es wäre ein Fehler, wenn er wieder abreisen würde, ohne dass er von den Schwierigkeiten erfuhr, die sein Baby angerichtet hatte.

Tomei erzählte ihm, dass er einem Zauberheiler Hühner und Ziegen bezahlt hatte, um seinen Sohn zu verwandeln. Seine Feinde hatten behauptet, dass der Junge verhext wäre, da er nicht so aussah wie er selbst. Ohne einen eigenen Sohn aber konnte er nicht in den Hohen Rat aufgenommen werden. Und Hoher Rat musste er unbedingt werden, damit er später Chief werden und sein Volk führen konnte.

»Das war ein Riesenproblem«, sagte er. So groß, dass er sogar daran gedacht hatte, den alten Priester umzubringen.

»Aber ich habe es nicht fertig gebracht«, lachte er nervös auf. »Ich bin froh, dass ich deinen Sohn nicht verwandelt habe.«

»Ich hatte auch Schwierigkeiten«, gab Ruben zu. »Ein ganz anderes Problem, eigentlich sogar viele Probleme. Und ich bin auch froh, dass ich es nicht geschafft habe, sie zu lösen.«

In seiner Niedergeschlagenheit darüber, dass Tomeis Baby ihn derart in Schwierigkeiten brachte, hatte er mehrmals verzweifelt versucht, das Baby loszuwerden. Er hatte es Fremden überlassen oder es im Wald aussetzen wollen. Eigentlich hatte er alles versucht, außer es zu töten. Doch allem, was er unternommen hatte, blieb der Erfolg versagt. Es schien, als hätte ein schützender Zauber über dem Baby gelegen.

Er faltete seine Landkarte zusammen und ging seine Frau suchen. Tomei blieb zurück und wechselte die Reifen.

19

Tomei war damit beschäftigt, den Wagen wieder abzubocken, als Old Noah mit drei Ratsmitgliedern auftauchte und ihn des Betrugs bezichtigte. Das Gesetz sei eindeutig, wütete er, Tomei müsse einen eigenen Sohn vorweisen, keinen, den er gekauft, geliehen oder gestohlen hatte.

»Tabitha!«, rief Tomei nach seiner ältesten Tochter. »Hol deinen Bruder her.«

Tabitha brachte das Baby.

»Also«, sagte Old Noah, »du willst wirklich behaupten, das sei Tomeis Sohn.«

Old Noah besuchte nie die Kirche. Er hatte kein Interesse an dem, was da auch immer passieren mochte, und deshalb hatte ihm auch niemand erzählt, was sich zugetragen hatte.

Die Ratsmitglieder traten heran, um sich das Baby anzuschauen. Auch sie gingen nie in die Kirche. Die Kirche, das war etwas für Frauen und Kinder und Leute ohne Rang und Stand. Und deshalb hatten auch sie keine Ahnung, was an diesem Tag dort vorgefallen war.

Als er ihren konsternierten Gesichtsausdruck bemerkte,

trat auch Old Noah heran, um einen Blick auf das Baby zu werfen.

»Das ist nicht der Junge!«, sagte er. »Das ist nicht das Kind. Fragt ihn.«

Die Ratsmitglieder sahen einander an. Sie hatten Tomeis Sohn gesehen, ein seltsames, hellhaariges Wesen mit Katzenaugen. Was sie aber jetzt vor Augen hatten, war ein anderes Kind. Der lahme Rat, der davon ausging, dass Tomei seinen Rat befolgt hatte, lachte plötzlich auf und meinte: »Das kann doch jeder sehen, dass das Tomeis Kind ist.«

»Ist es nicht«, blieb Old Noah hartnäckig. »Frag ihn doch.«

Der Rat zuckte die Achseln. »Ist das dein Kind?«, fragte er Tomei.

»Ja«, antwortete der.

»Das ist alles, was wir wissen wollten«, schloss der lahme Rat. »Unsere Arbeit hier ist vollbracht.«

Die anderen Ratsmitglieder waren sich nicht sicher, was sie von alledem halten sollten. Chief Jona hatte keinen Zweifel daran gelassen, dass er gnadenlos mit all denen umspringen würde, die versuchten, wegen solch unsinniger Kleinigkeiten wie Hautfarbe oder gar Augenfarbe seinem Sohn Tomei Steine in den Weg zu legen.

»Aber ... aber heute morgen war es noch weiß«, schrie Old Noah auf. »Ich habe es doch gesehen, als sie in die Kirche gegangen sind.«

Der lahme Rat lachte und meinte, dass der Zauber des weißen Priesters vielleicht stärker sei als der Mutis.

Old Noah ließ den Kopf hängen und ging schamerfüllt davon. Der grauhaarige Rat schloss sich ihm an. Er bekundete sein Mitgefühl und sagte: »Sieht so aus, als wären wir wieder ausgetrickst worden.«

»Es ist vorbei, Sohn des Tobias«, rief der Lahme ihnen hinterher. »Geht am besten zu Muti und seht zu, dass ihr zurückbekommt, was ihr ihm dafür bezahlt habt, dass er Tomeis Sohn tötet.«

»Ich weiß nicht, wie du es angestellt hast«, sagte der lahme Rat, als die anderen außer Hörweite waren, »aber das hast du gut gemacht, Sohn des Jona.«

Dann ging auch er und überließ Tomei sich selbst.

»Können wir nicht beide behalten?«, fragte ihn Tabitha.

Die Mädchen hatten sich so an den Jungen Gift gewöhnt, dass sie ihn nicht hergeben wollten.

Tomei hatte den Reifen gewechselt und verstaute nun das Ersatzrad. Er zog gerade den Wagenheber unter dem Fahrzeug hervor, als Muti außer Atem und völlig aufgelöst auf ihn zustürzte. Ihm war zu Ohren gekommen, dass Tomeis Baby inzwischen so schwarz wie Holzkohle war.

»Deine Medizin taugt nichts«, teilte Tomei ihm mit.

»Aber dein Sohn ist doch schwarz«, wollte Muti mit ihm diskutieren.

»Das ist ein anderes Kind«, erklärte ihm Tomei. »Sieh es dir doch an.«

Muti trat näher, schaute das Baby lange an und schüttelte den Kopf. »Ich durchschaue, was du im Schilde führst«, sagte er. »Du willst mich um meinen Lohn betrügen. Das werde ich nicht zulassen. Ich werde einen Fluch über dich verhängen. Ich sorge dafür, dass ihr alle grün werdet. Dir werd ich's zeigen.«

Er führte einen Hexentanz auf, murmelte Bannsprüche und wirbelte Staub in die Luft.

»Tabitha!« Tomei rief nach seiner Tochter. »Bring das Baby wieder ins Haus.«

Das Mädchen eilte davon, und als sie sich in sicherer Entfernung befand, griff Tomei nach einem gebrochenen Axtstiel und wandte sich dem Zauberheiler zu.

»Na los, dann zeig's mir«, forderte er ihn auf

Muti ergriff laut schreiend die Flucht.

Ruben und seine Frau kamen mit ihrem Babykorb zum Wagen. Das Fest habe ihnen gefallen, sagten sie, jetzt aber sei es Zeit zu fahren. Sie hätten einen langen Weg vor sich.

Alle liefen ans Tor, um sie zu verabschieden. Ruben und Tomei schüttelten einander lange die Hände, wünschten sich gegenseitig ein langes und glückliches Leben mit vielen Söhnen.

»*Kwaheri rafiki*«, sagte Ruben zu Tomei. »Mögest du ein ebenso mächtiger Chief werden wie dein Vater.«

»Und mögen deine Söhne genauso aussehen wie du«, sagte Tomei.

»Deine auch.«

Ihre Frauen lächelten wissend vor sich hin. Dann stieg Rubens Frau ins Auto und startete den Motor.

»Danke«, sagte Tomei zu Ruben.

»Nein, ich danke dir«, antwortete Ruben.

»Ich werde dich niemals vergessen, Bwana Ruben.«

»Ich dich auch nicht, Bwana Chief.«

»Niemals.«

»Niemals.«

Sie hätten wohl noch bis zum Sonnenuntergang so weitergemacht, hätte Rubens Frau nicht gehupt und gerufen: »Jetzt ist es aber genug!«

Da sprang er in den Wagen, und sie fuhr davon, am alten Zauberheiler vorbei, der ungefähr 100 Meter die Straße hinunter am Straßenrand kauerte.

Muti winkte. Sie winkten zurück. Dann erkannte er sie und sprang auf die Beine. Er hatte sich solche Sorgen um seine Bezahlung gemacht, dass er überhaupt nicht mehr an das Auto gedacht hatte. Nun sah er Weiße darin und fragte sich, was das zu bedeuten hatte.

Der Clan winkte zum Abschied und lächelte, bis der Wagen nicht mehr zu sehen war. Dann eilten sie alle zum Haus zurück, wo die königlichen Trommler ihre Trommeln aufwärmten. Für den Festtanz.

Weitere Romane von Meja Mwangi

Aus dem Englischen von Susanne Koehler

Narben des Himmels
278 Seiten, gebunden
ISBN 3-87294-471-1
Eine Geschichte aus dem ländlichen Alltag in Kenia.

Mr. Rivers letztes Solo
268 Seiten gebunden
ISBN 3-87294-640-4
Ein weltbekannter Popsänger hat sich die Rettung Afrikas auf seine Fahnen geschrieben. Aber sein Plan scheitert, denn Afrika ist anders.

Die achte Plage
448 Seiten, gebunden
ISBN 3-87294-775-3
Kompromisslos kämpft eine junge Sozialarbeiterin gegen Aids.

PETER HAMMER VERLAG
www.peter hammer-verlag.de